L'ÉCOLE EMPORTÉE
2
KAZUO UMEZU
Glénat
ÉDITIO
FRANÇAI

L'ÉCOLE EMPORTÉE

Glénat

L'ÉCOLE EMPORTÉE

2

CHAPITRE 1
VOYAGE VERS LA MORT
ADIEU, HATA.
VOICI TON CARTABLE.
REPOSE EN PAIX. TU SERAS TOUJOURS PARMI NOUS !

HOUUU...
TU ÉTAIS SON MEILLEUR AMI N'EST-CE PAS ? C'EST À TOI QU'IL REVIENT DE L'ENTERRER.
TIENS, IKEGAKI, JE TE LA PASSE.
HOUU...
...JE N'AI RIEN TROUVÉ À TE DONNER, PARDONNE-MOI !
AU REVOIR, HATA...

NOUS AVONS FINALEMENT DRESSÉ LES TOMBES DE NOS MAÎTRES ET DE NOS CAMARADES DE CLASSE, AINSI QUE CELLE DU PETIT FRÈRE DE SASA.
OUUUH !!
TAKESHI, TU VAS ME MANQUER !
MAMAN... TU SAIS QU'IL N'Y A PAS DE BAGUETTES D'ENCENS À L'ÉCOLE. À LA PLACE, NOUS AVONS UTILISÉ DES CIGARETTES TROUVÉES DANS LA SALLE DES MAÎTRES.
OÙ QUE VOUS SOYEZ DÉSORMAIS, PUISSIEZ-VOUS TOUS VEILLER SUR NOUS.
ADRESSONS UNE PRIÈRE AUX DISPARUS.

OUIIN...
YAMA-MOTO...
OOKUBA !...
HATAAA ...
OUIIN...
HOUU...
LE RÉSULTAT DE L'INSPECTION DE L'ÉCOLE EST SANS APPEL : EN DEHORS DE LA CITERNE ET DES EAUX DE RÉCUPÉRATION, IL NE NOUS RESTE PRATIQUEMENT PLUS DE VIVRES.
ALLONS, L'HEURE N'EST PLUS AUX LAMENTATIONS. NOUS ALLONS BIENTÔT MANQUER DE VIVRES ET D'EAU. SI NOUS RESTONS LÀ SANS BOUGER, NOUS FINIRONS PAR MOURIR DE FAIM.
J'AIMERAIS QU'UN GROUPE D'ENVIRON CINQ REPRÉSENTANTS D'ÉLÈVES M'ACCOMPAGNE.
PAR CHANCE, IL Y A ICI PLUSIEURS VOITURES. JE PENSAIS UTILISER L'UNE D'ENTRE ELLES.
LES PLUS HARDIS D'ENTRE VOUS PEUVENT VENIR AVEC MOI POUR ALLER OBSERVER PLUS EN DÉTAIL LES ENVIRONS.
VROOOOOM
C'EST AINSI QUE LES DÉLÉGUÉS DES AUTRES CM2 ET MOI, NOUS PARTÎMES EN REPÉRAGE.
JE SUIS VOLONTAIRE.

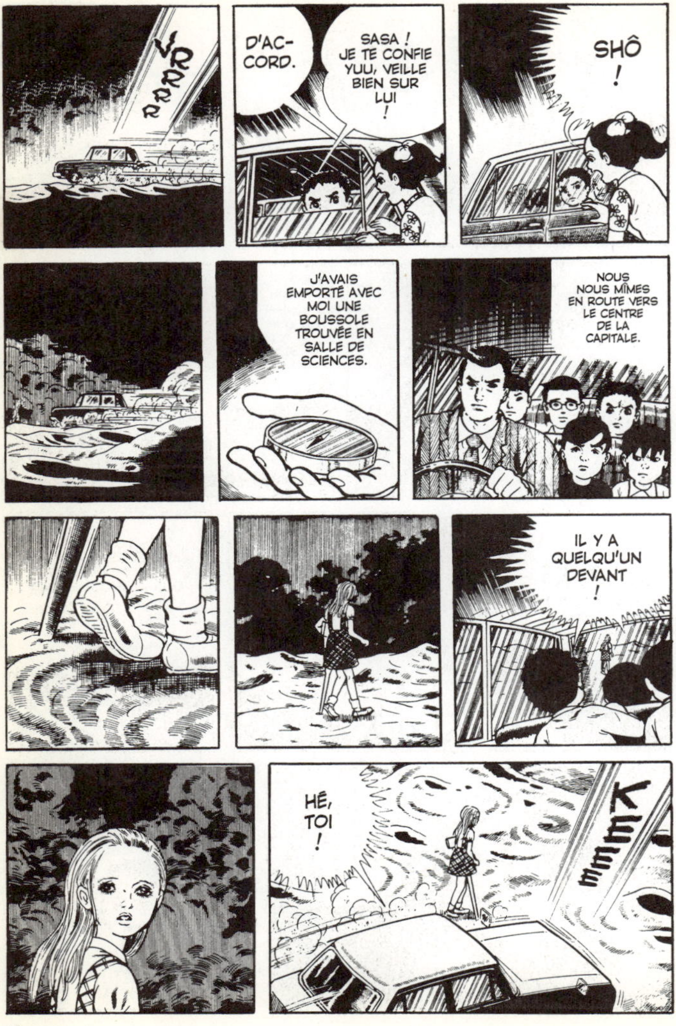
SHÔ !
SASA ! JE TE CONFIE YUU, VEILLE BIEN SUR LUI !
D'AC-CORD.
VRRRR
NOUS NOUS MÎMES EN ROUTE VERS LE CENTRE DE LA CAPITALE.
J'AVAIS EMPORTÉ AVEC MOI UNE BOUSSOLE TROUVÉE EN SALLE DE SCIENCES.
IL Y A QUELQU'UN DEVANT !
KEEEE
HÉ, TOI !

JE M'APPELLE AYUMI NISHI, JE SUIS EN CM1. JE ME RENDS À NAGANO.
QUOI ?!
CLAM
QU'EST-CE QUI SE PASSE ? OÙ VAS-TU COMME ÇA ?
MAIS TU ES HANDICAPÉE, NON ?
OUI, JE NE PEUX PLUS MARCHER NORMALEMENT DEPUIS QUE J'AI FAIT UNE CHUTE QUAND J'ÉTAIS TOUTE PETITE.
À CAUSE DE MES JAMBES, JE FAISAIS PERDRE DU TEMPS AUX AUTRES ENFANTS ET JE N'AI JAMAIS PU ME FAIRE BEAUCOUP D'AMIS.
J'AI L'IMPRESSION QUE JE NE FERAIS QUE VOUS METTRE DANS L'EMBARRAS SI JE RESTAIS AVEC VOUS.
JE SAIS BIEN QUE PERSONNE N'A ENVIE DE JOUER AVEC MOI.
LES GENS SE MOQUENT DE MOI QUAND ILS ME VOIENT.
DEPUIS LONGTEMPS, J'ESPÉRAIS ARRIVER UN JOUR DANS UN MONDE OÙ IL N'Y AURAIT PERSONNE.
ET BRUSQUEMENT, CELA S'EST PRODUIT. JE ME SUIS RETROUVÉE ICI.
TOUT ÇA EST TELLEMENT ÉTRANGE ...

MAIS AU BOUT DU COMPTE, JE NE PENSE PAS QUE J'AI MA PLACE ICI.
JE SUIS BIEN CONSCIENTE DE REPRÉSENTER UNE GÊNE POUR VOUS.
MA PLACE EST À NAGANO, C'EST LÀ-BAS QUE JE SUIS NÉE. MES DEUX PARENTS SONT MORTS JUSTE APRÈS MA NAISSANCE.
MON ONCLE M'A ENSUITE HÉBERGÉ CHEZ LUI, ICI, À TÔKYÔ.
MAIS, TRÈS VITE, IL M'A FAIT COMPRENDRE QU'IL AURAIT PRÉFÉRÉ QUE JE NE SOIS PAS LÀ.
J'AVAIS DÉJÀ SONGÉ À RETOURNER À NAGANO. JE SUIS CERTAINE QU'IL Y A ENCORE PLEIN DE VERDURE LÀ-BAS, ET DES GENS AUSSI.
SI J'ARRIVE À Y RETOURNER, JE VOUS PROMETS DE REVENIR VOUS SAUVER !
IDIOTE ! TU DIS N'IMPORTE QUOI ! EN PLUS TU N'ES MÊME PAS DANS LA BONNE DIRECTION !
COM-MENT ?
ALLEZ, MONTE !
CLAC
VROOOOM

QUEL QUE SOIT L'ENDROIT OÙ NOUS ALLIONS, IL N'Y AVAIT QUE DU DÉSERT À PERTE DE VUE.
HEIN ?
CE N'EST PAS NORMAL !
MONSIEUR, VOUS NE VOUS SERIEZ PAS TROMPÉ DE DIRECTION ?
AH ! ON ARRIVE BIENTÔT À ARAKAWA ! JE VENAIS SOUVENT JOUER PAR ICI !
SCHLIP
AH !!

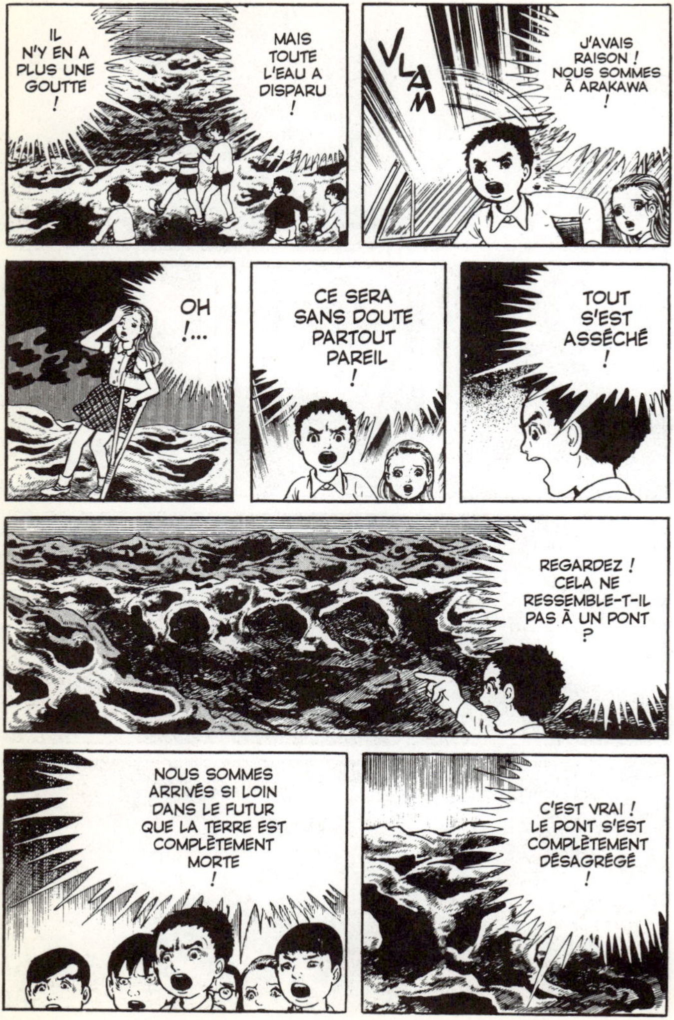
IL N'Y EN A PLUS UNE GOUTTE !
MAIS TOUTE L'EAU A DISPARU !
VLAM
J'AVAIS RAISON ! NOUS SOMMES À ARAKAWA !
OH !...
CE SERA SANS DOUTE PARTOUT PAREIL !
TOUT S'EST ASSÉCHÉ !
REGARDEZ ! CELA NE RESSEMBLE-T-IL PAS À UN PONT ?
NOUS SOMMES ARRIVÉS SI LOIN DANS LE FUTUR QUE LA TERRE EST COMPLÈTEMENT MORTE !
C'EST VRAI ! LE PONT S'EST COMPLÈTEMENT DÉSAGRÉGÉ !

OH ! UNE FLEUR !
HEIN ?
WAH ! C'EST UNE FAUSSE !
CE N'EST QU'UNE FLEUR EN PLASTIQUE !
REGARDEZ LÀ-BAS ! IL Y A D'AUTRES TRUCS EN PLASTIQUE DISPERSÉS PARTOUT !
TOUT LE RESTE S'EST DÉJÀ CHANGÉ EN SABLE !
C'EST BIZARRE, OÙ EST-IL PASSÉ ? JE NE LE VOIS NULLE PART.
HÉ ! HO ! ANDÔO !!
EN EFFET, CES MATIÈRES NE SE DÉCOMPOSENT PAS NATURELLEMENT. IL FAUT NÉCESSAIREMENT LES BRÛLER.
ET LEUR COMBUSTION PROVOQUE UN DÉGAGEMENT DE GAZ MORTEL.
EH !!
OÙ EST PASSÉ ANDÔ ?!

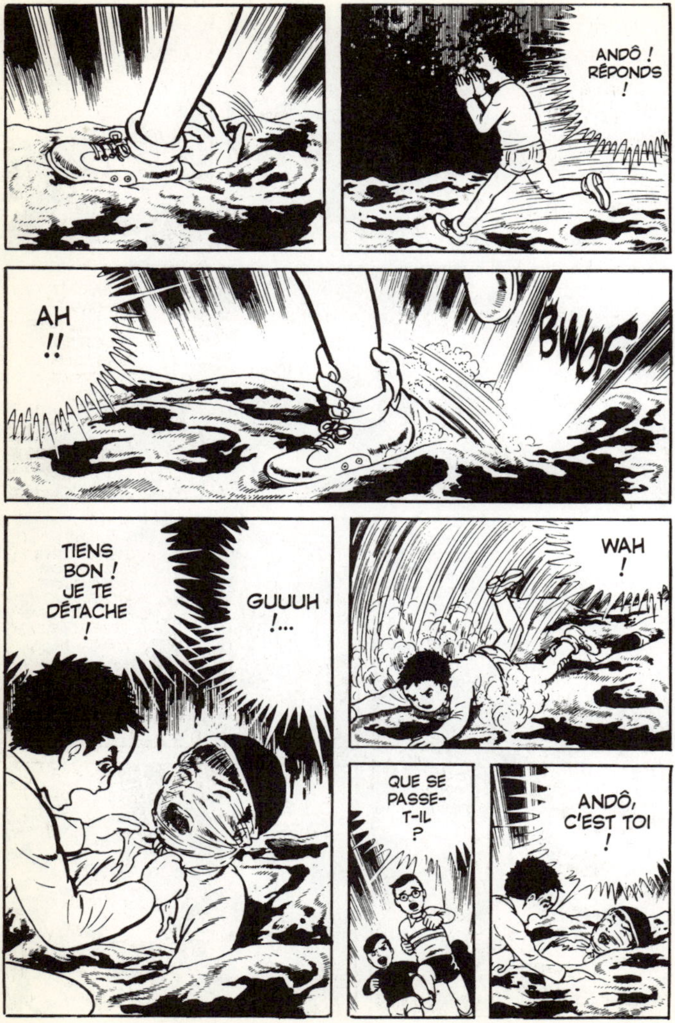
ANDÔ ! RÉPONDS !
AH !!
BWOF
TIENS BON ! JE TE DÉTACHE !
GUUUH !...
WAH !
ANDÔ, C'EST TOI !
QUE SE PASSE-T-IL ?

HEIN ?
C'EST MONSIEUR WAKAHARA ! IL S'EST JETÉ BRUSQUEMENT SUR MOI ET M'A ATTACHÉ CE SAC AUTOUR DE LA TÊTE !...
HAA... HAA...
QU... QUI T'A MIS UN SAC PLASTIQUE SUR LA TÊTE ?!
AH !!
LE MAÎTRE ?...
QU'EST-CE QUE TU DIS ?!
MONSIEUR WAKAHARA ! QUE... QU'AVEZ-VOUS ?...

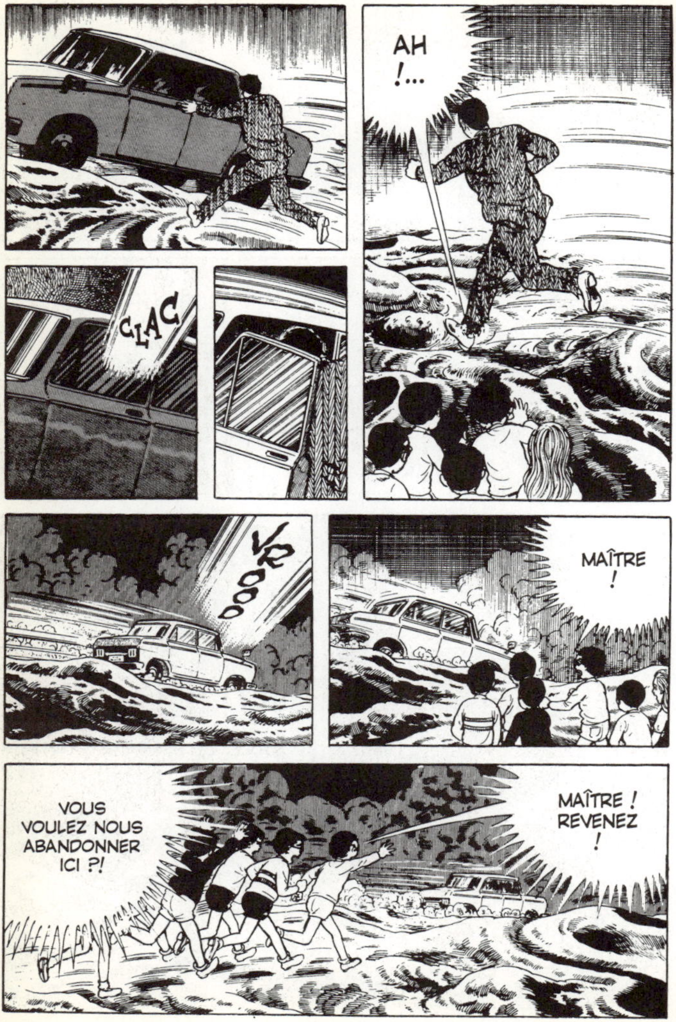
AH !...
CLAC
VROOOO
MAÎTRE !
MAÎTRE ! REVENEZ !
VOUS VOULEZ NOUS ABANDONNER ICI ?!

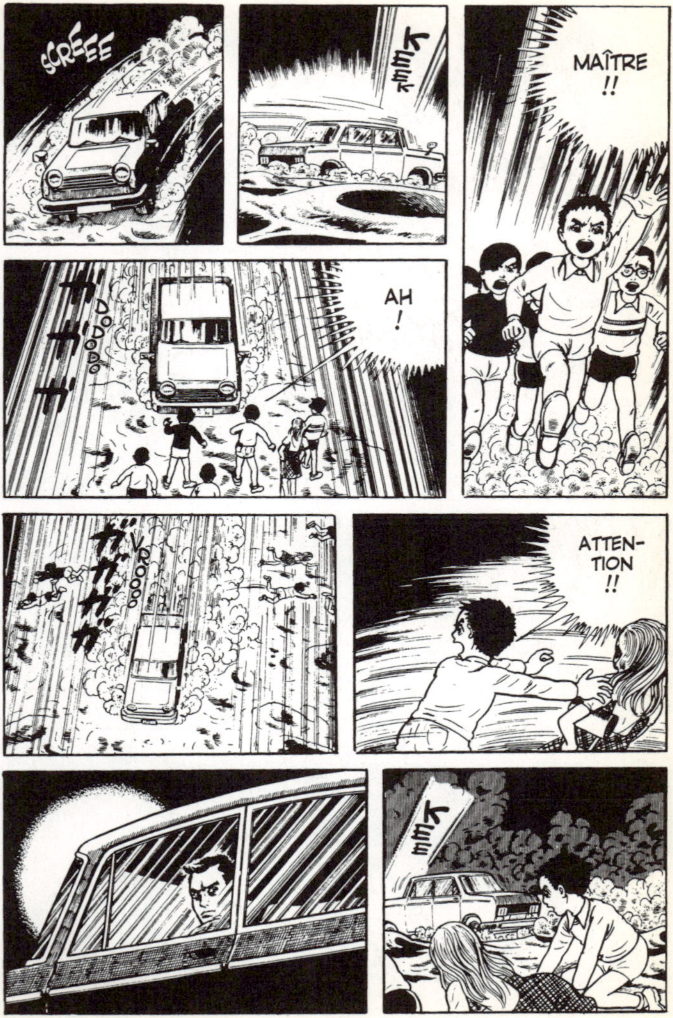

SCREEE
KEEK
MAÎTRE !!
DODODODO
AH !
VROOOO
ATTEN-TION !!
KEEK

ガッガオオオッ
VRAOOOOUM
IL RECULE !
IL A L'INTENTION DE NOUS ÉCRASER !
ガオオ
VROOOO
OUAAAH !!

IL ME POURSUIT !
AU SECOURS !
BOM
GWAARGH !!
GYAAH !!
UUH...

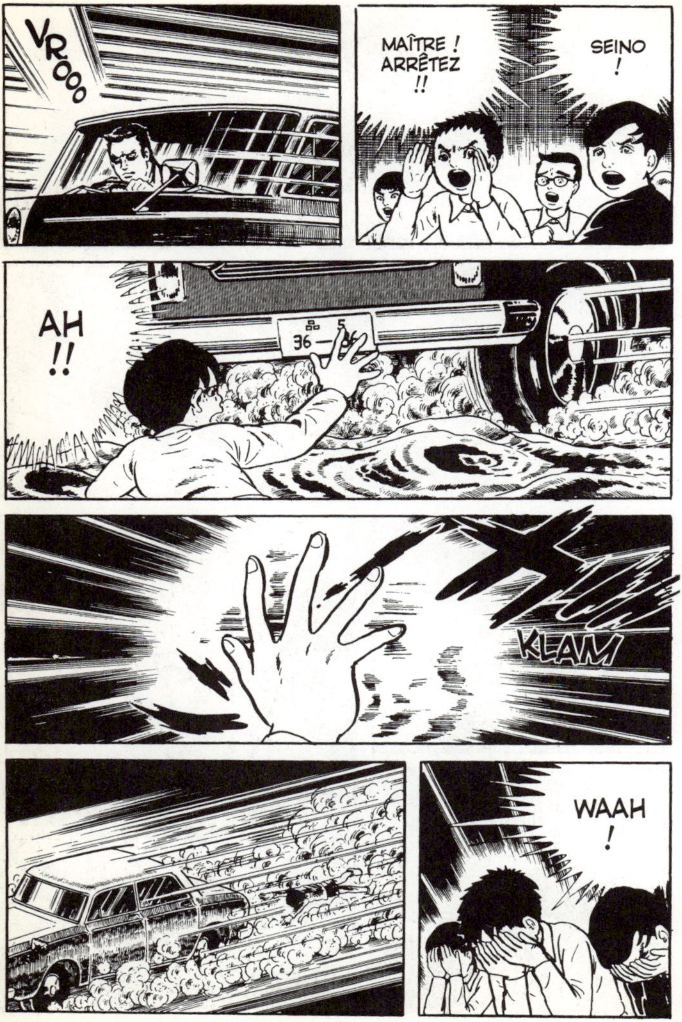
VROOO
MAÎTRE ! ARRÊTEZ !!
SEINO !
AH !!
KLAM
WAAH !

IL FAUT NOUS ENFUIR !
AÏE !
AIDEZ-MOI À LA RELEVER !
DÉPÊCHE-TOI !
AYUMI !
NOUS NE SAVONS COMBIEN D'HEURES NOUS AVONS COURU...

AVEC LES JUMELLES QU'IL A RAPPORTÉES DE LA SALLE DE SCIENCES, IL DOIT SÛREMENT POUVOIR NOUS LOCALISER À CHAQUE INSTANT !
IL NE FAUT PAS S'ARRÊTER, SINON IL VA FINIR PAR NOUS RATTRAPER !
HAA... HAA...
REVENEZ !
HÉ !
ATTENDEZ-NOUS !
HÉ !!
JE T'EN PRIE !
S'IL TE PLAÎT, LAISSE-MOI ICI ET ENFUIS-TOI VITE...
C'EST TOUJOURS COMME ÇA. QUAND JE SUIS LÀ JE NE FAIS QUE GÊNER LES AUTRES...

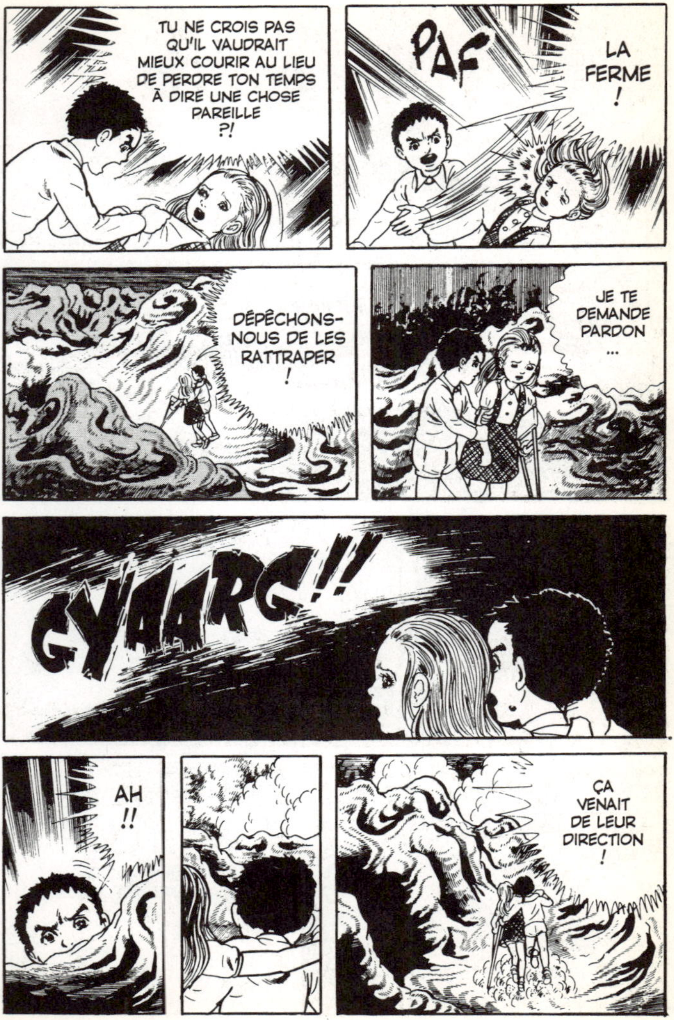
TU NE CROIS PAS QU'IL VAUDRAIT MIEUX COURIR AU LIEU DE PERDRE TON TEMPS À DIRE UNE CHOSE PAREILLE ?!
PAF
LA FERME !
DÉPÊCHONS-NOUS DE LES RATTRAPER !
JE TE DEMANDE PARDON ...
GYAARG !!
AH !!
ÇA VENAIT DE LEUR DIRECTION !

BANG
VROOOOO
BOM
VRRR
PITIÉ !!

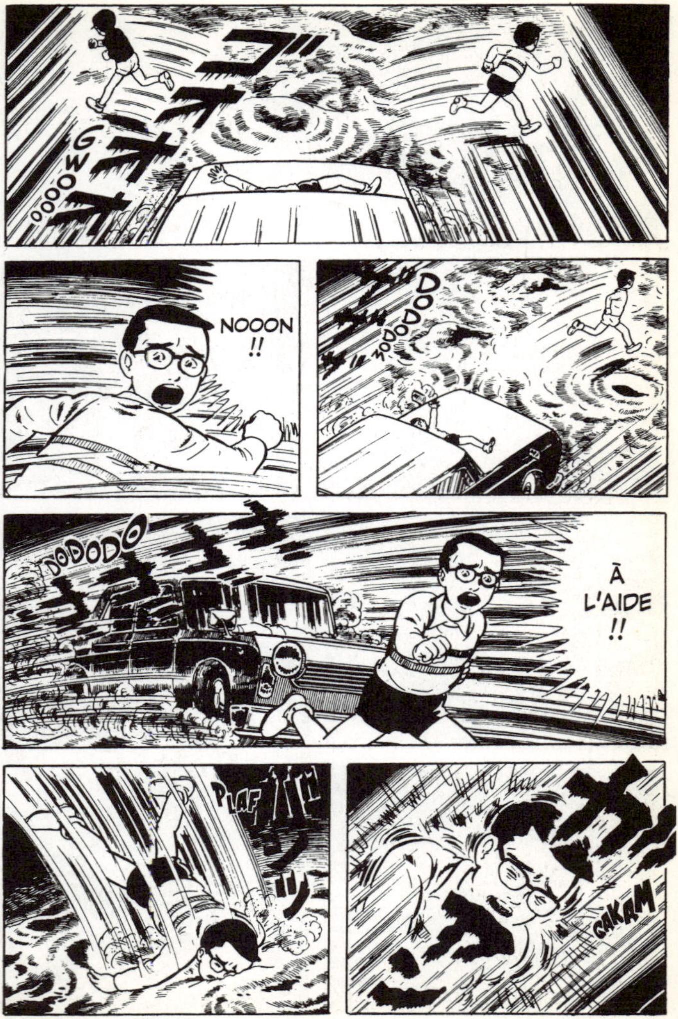
GWOOOO
NOOON !!
DODODO
DODODO
À L'AIDE !!
PLAF
CAKAM

GWOOO
GEE EE
KREEE
ギギギギ
DODODO
ザザザザ

GWOOO
IL COURT TRÈS VITE !
FILONS PENDANT QU'IL EN A APRÈS NAGATA !
ON ÉTAIT À DEUX DOIGTS DE SE FAIRE AVOIR NOUS AUSSI !
IL EST PARTI DEVANT POUR LEUR TENDRE UNE EMBUS-CADE !
MINCE... NOS TRACES DE PAS SONT TROP VOYANTES !
PEU IMPORTE ! IL FAUT NOUS-EN FUIR !
IL VA NOUS VOIR D'UN INSTANT À L'AUTRE !
AH !

HAA...
HAA...
JE NE PEUX PLUS MARCHER... JE T'EN PRIE, LAISSE-MOI ICI ET ENFUIS-TOI !
VROOOO
C'EST LUI ! IL A DÉJÀ EU NAGATA !
IL NOUS A VUS !
VROOO
OOOO
MÊME SI C'EST RISQUÉ, IL FAUT S'ENFUIR !
DODODODOM

MAÎTRE !
REPRENEZ VOS ESPRITS !
ARRÊTEZ-VOUS !
REDEVENEZ CELUI QUE VOUS ÉTIEZ !
VOUS NOUS AVEZ DIT QUE VOUS SERIEZ UN PÈRE POUR NOUS ! QU'IL FALLAIT QUE NOUS NOUS ENTRAIDIONS TOUS !...
VOUS L'AVEZ OUBLIÉ ?!
C'EST MOI ! SHÔ TAKAMATSU ! REPRENEZ VOS ESPRITS !
VROOO
JE VOUS EN SUPPLIE !!
VROOOO

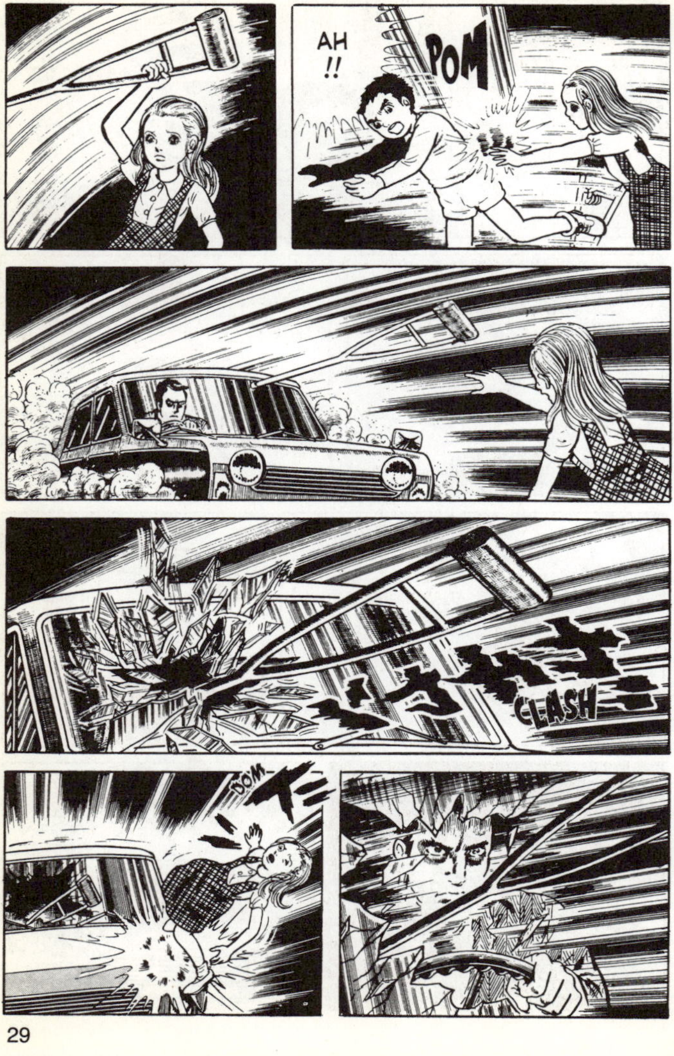
AH !!
POM
CLASH
DOM

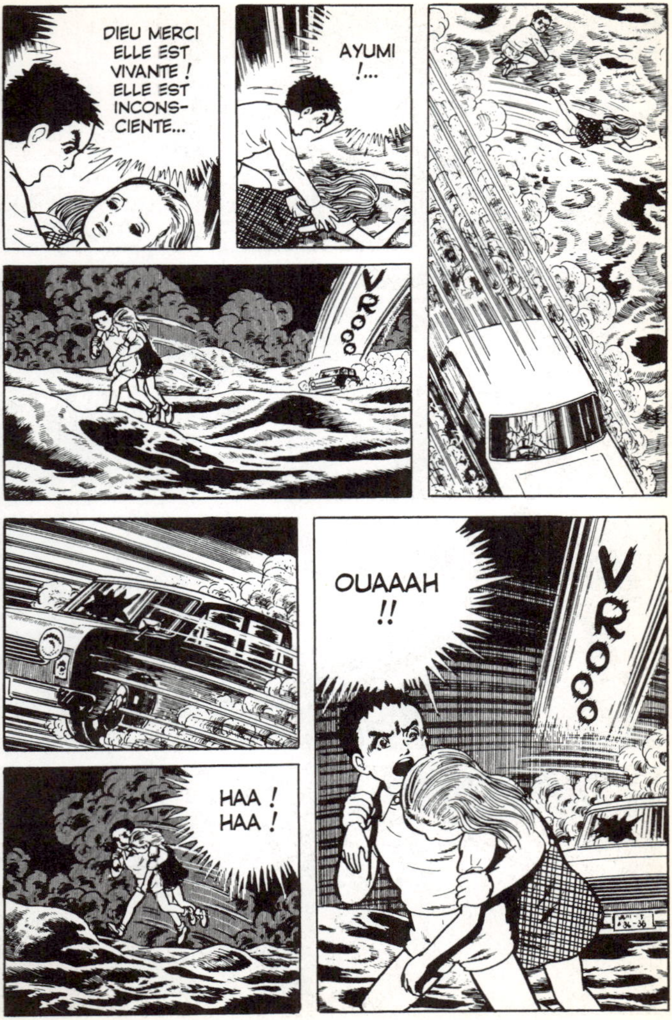
DIEU MERCI ELLE EST VIVANTE ! ELLE EST INCONSCIENTE...
AYUMI !...
VROOO
OUAAAH !!
VROOOO
HAA ! HAA !

AH ! UN TUNNEL !
BAKAM
SHAAAA

JE M'ENFONÇAIS PROGRESSIVEMENT DANS LES TÉNÈBRES DU TUNNEL.
SLAP
CE TUNNEL N'AVAIT RIEN DE NATUREL. IL ÉTAIT TRÈS ÉTRANGE.
JE MARCHAIS SANS JAMAIS DÉTACHER MA MAIN DU MUR. AINSI, J'AVAIS L'IMPRESSION QUE JE NE ME PERDAIS PAS.

MONSIEUR WAKAHARA NOUS POURSUIT !!
SLAPT
C'EST... LA LUMIÈRE DE LA LAMPE DE POCHE !
À DEUX DOIGTS DE TOMBER À MAINTES REPRISES, J'ARRIVAIS À UN TOURNANT.
UN CUL-DE-SAC !

TSAC
TSAC
TSAC
IL SE RAPPRO-CHE !
TSAC
TSAC
DES CAVERNES !
TSAC
JE ME TROUVAIS FACE À UNE MULTITUDE DE TUNNELS.

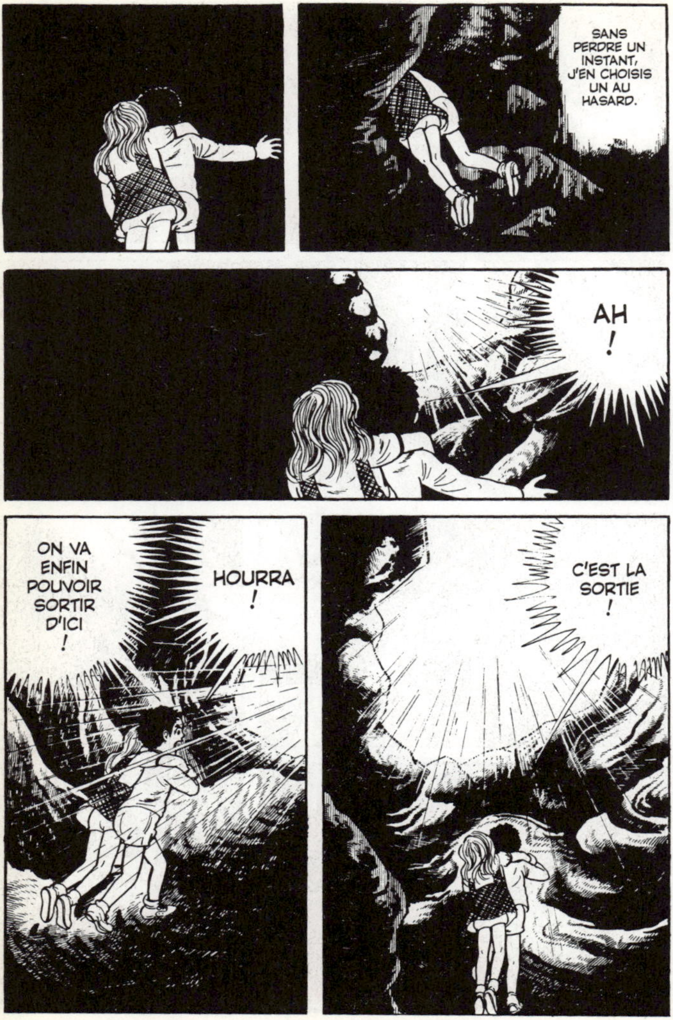
SANS PERDRE UN INSTANT, J'EN CHOISIS UN AU HASARD.
AH !
ON VA ENFIN POUVOIR SORTIR D'ICI !
HOURRA !
C'EST LA SORTIE !

ボロッ
FRAT
AAH!!
BROLON

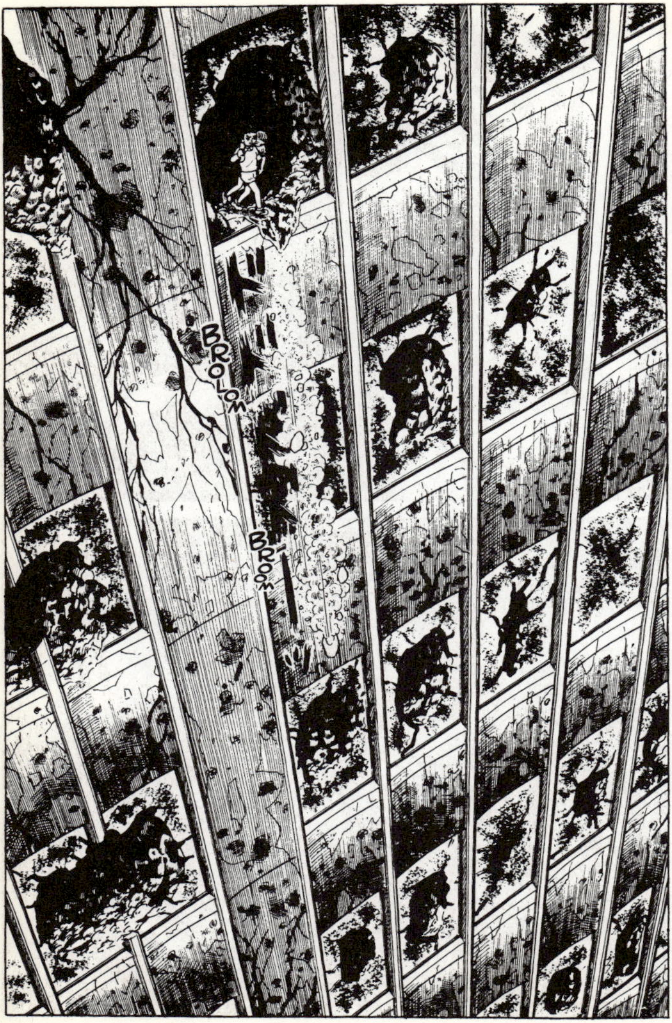
BROLOM
BROOM

MAMAN !!
PLAF

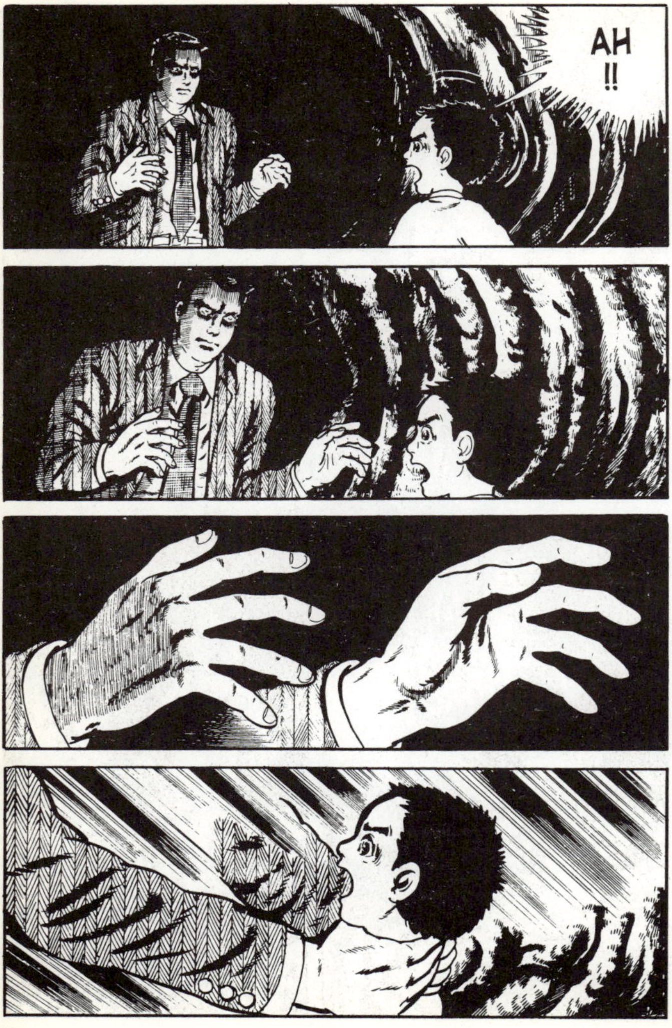
AH !!

AÏÏE !...

MAMAN !!
AU SECOURS !!

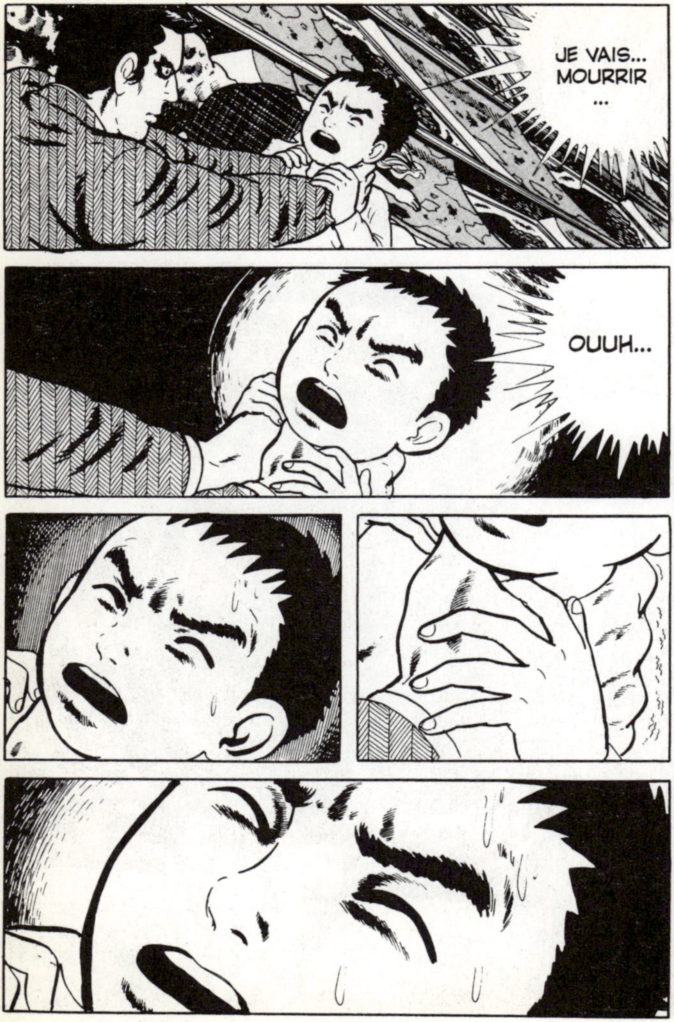
JE VAIS... MOURRIR ...
OUUH...

CHAPITRE 2
LE SOUHAIT D'UNE MÈRE

VEUILLEZ RENTRER CHEZ VOUS !
GARDEZ VOTRE CALME ! UNE ÉQUIPE DE SCIENTIFIQUES EST ACTUELLEMENT EN TRAIN D'EXAMINER LA SITUATION !
MESSIEURS-DAMES, C'EST DANGEREUX. VEUILLEZ VOUS ÉLOIGNER DE LA CLÔTURE !
QU'EST-IL ARRIVÉ À L'ÉCOLE ?!
OÙ EST PASSÉ MON ENFANT ?!
SHÔ !!
OÙ ES-TU ?!
SHÔ !!

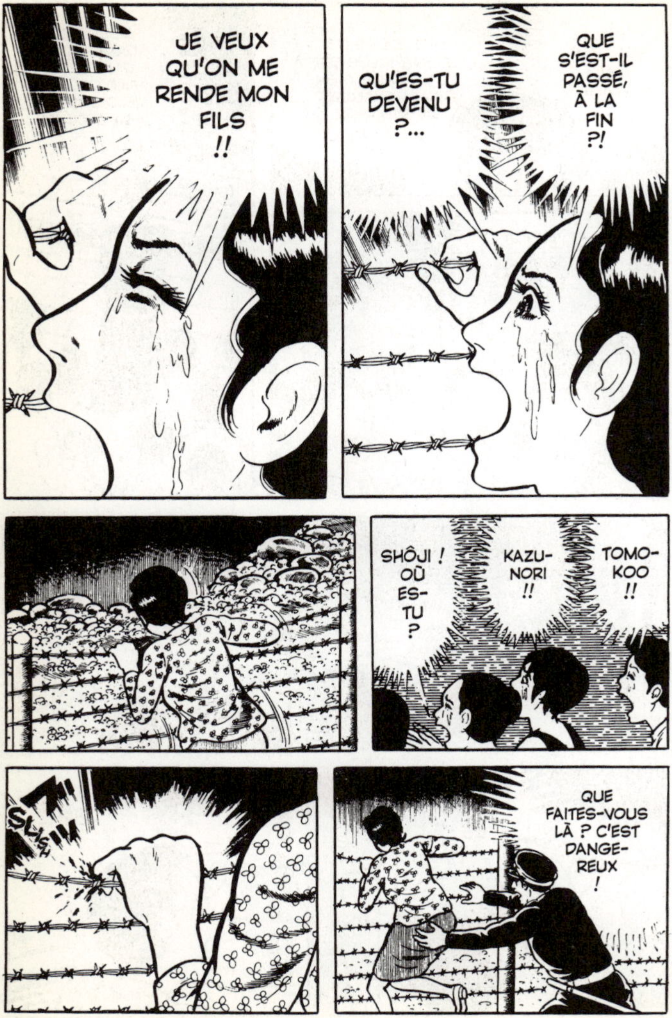
JE VEUX QU'ON ME RENDE MON FILS !!
QU'ES-TU DEVENU ?...
QUE S'EST-IL PASSÉ, À LA FIN ?!
SHÔJI ! OÙ ES-TU ?
KAZUNORI !!
TOMOKOO !!
SLISH
QUE FAITES-VOUS LÀ ? C'EST DANGEREUX !

JE VEUX ALLER VOIR MOI-MÊME DE QUOI IL RETOURNE !
LÂCHEZ-MOI !
ARRÊTEZ, MADAME ! C'EST DANGEREUX, VOUS DIS-JE !
SCRIT
NON !!
VOUS NE ME LAISSEZ PAS LE CHOIX !
WAAH !
SHÔ !!

MADAME !
VOUS ÊTES LA MAMAN DE SHÔ ?
OUAAAH !!
C'EST MOI ! SHIN'ICHI !
MONSIEUR ! J'AI TROUVÉ VOTRE FEMME !
EMIKO !
ALLONS, LÈVE-TOI.
MAIS OÙ EST SHÔ ?!
OÙ EST-IL ?!

SHAAA
TU N'ES PAS LA SEULE À AVOIR PERDU TON ENFANT.
IL SE MET À PLEUVOIR.
LE SOLEIL SE COUCHE, NOUS NE POURRONS RIEN DE PLUS POUR AUJOURD'HUI. RENTRONS.
MERCI, SHIN' ICHI.
TOI AUSSI, DÉPÊCHE-TOI DE RENTRER CHEZ TOI. TA MÈRE VA S'INQUIÉTER.
D'AC-CORD.

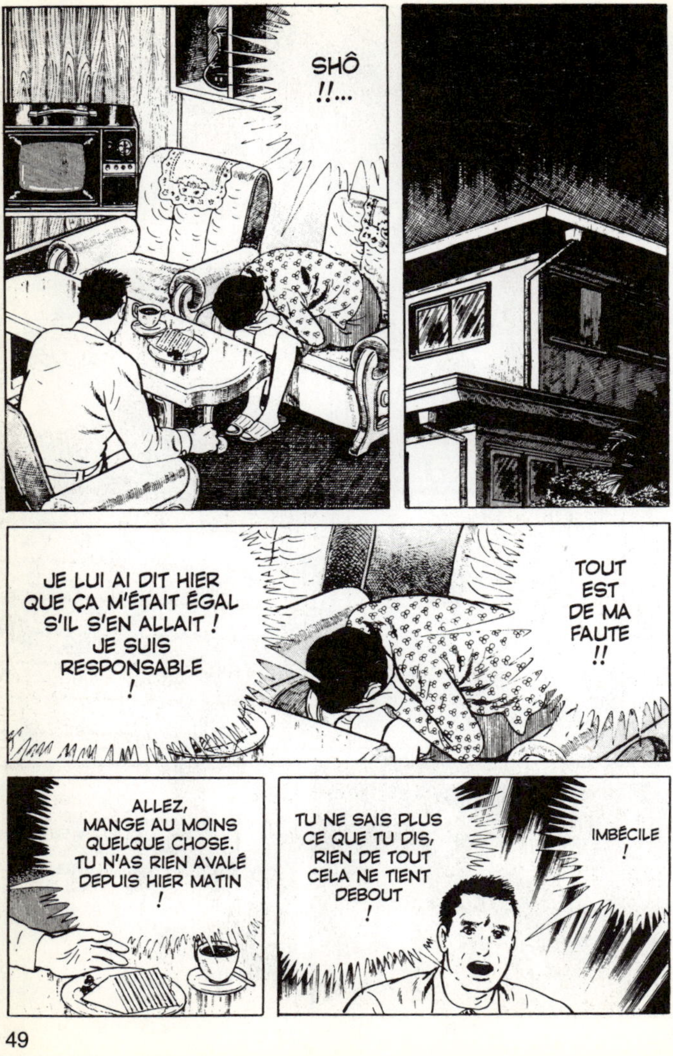
SHÔ !!...
JE LUI AI DIT HIER QUE ÇA M'ÉTAIT ÉGAL S'IL S'EN ALLAIT ! JE SUIS RESPONSABLE !
TOUT EST DE MA FAUTE !!
ALLEZ, MANGE AU MOINS QUELQUE CHOSE. TU N'AS RIEN AVALÉ DEPUIS HIER MATIN !
TU NE SAIS PLUS CE QUE TU DIS, RIEN DE TOUT CELA NE TIENT DEBOUT !
IMBÉCILE !

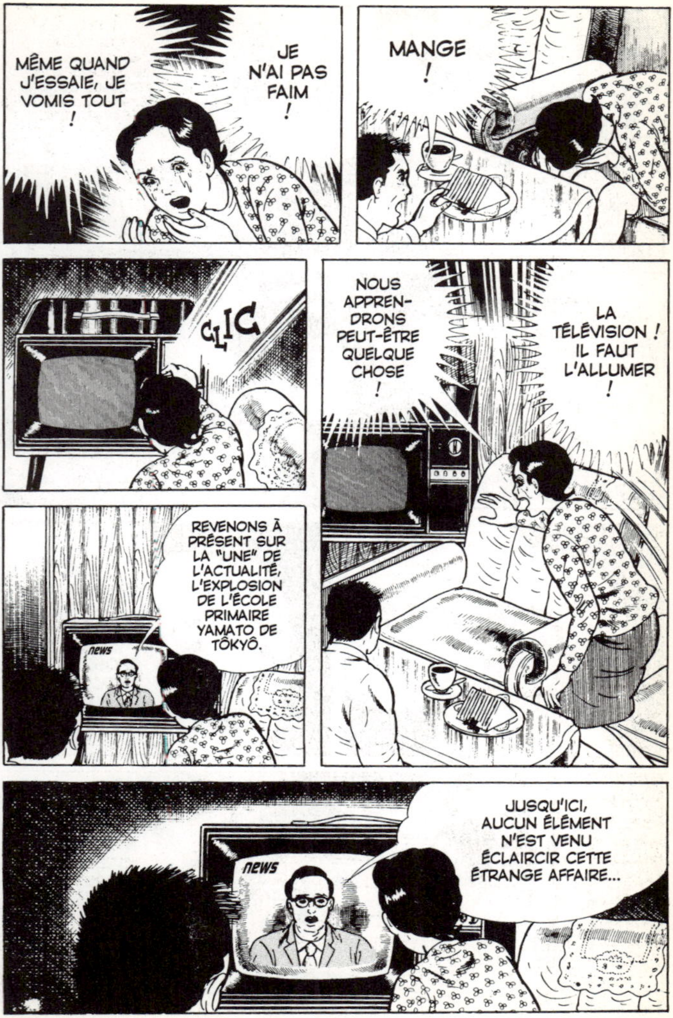
MANGE !
JE N'AI PAS FAIM !
MÊME QUAND J'ESSAIE, JE VOMIS TOUT !
LA TÉLÉVISION ! IL FAUT L'ALLUMER !
NOUS APPREN-DRONS PEUT-ÊTRE QUELQUE CHOSE !
CLIC
REVENONS À PRÉSENT SUR LA "UNE" DE L'ACTUALITÉ, L'EXPLOSION DE L'ÉCOLE PRIMAIRE YAMATO DE TÔKYÔ.
news
news
JUSQU'ICI, AUCUN ÉLÉMENT N'EST VENU ÉCLAIRCIR CETTE ÉTRANGE AFFAIRE...

NOUS AVONS PU RECUEILLIR LES TÉMOIGNAGES DE PERSONNES QUI ONT ÉTÉ TÉMOINS DE LA DÉFLAGRATION.
ÉCOUTONS CELUI DE LA TENANCIÈRE D'UNE PAPETERIE SITUÉE PRÈS DE L'ÉCOLE.
OUI... ÇA, POUR FAIRE DU BRUIT, ÇA EN A FAIT ! J'AI BIEN CRU MA DERNIÈRE HEURE ARRIVÉE !
COMME IL N'Y A JAMAIS DE CLIENTS AVANT LE DÉBUT DES COURS, JE ME SUIS DIT QUE CE SERAIT UNE BONNE OCCASION POUR ARROSER MES FLEURS, ET AU MOMENT OÙ JE ME SUIS LEVÉE...
...J'AI ENTENDU UN ÉNORME GRONDEMENT, QUELQUE CHOSE COMME " DOOOM " !
JE ME SUIS COUCHÉE PAR TERRE ET JE SUIS RESTÉE LÀ UN BON MOMENT, COMPLÈTEMENT PARALYSÉE.
VOYEZ VOUS-MÊME ! TOUTES MES VITRES SONT EN POUSSIÈRE !

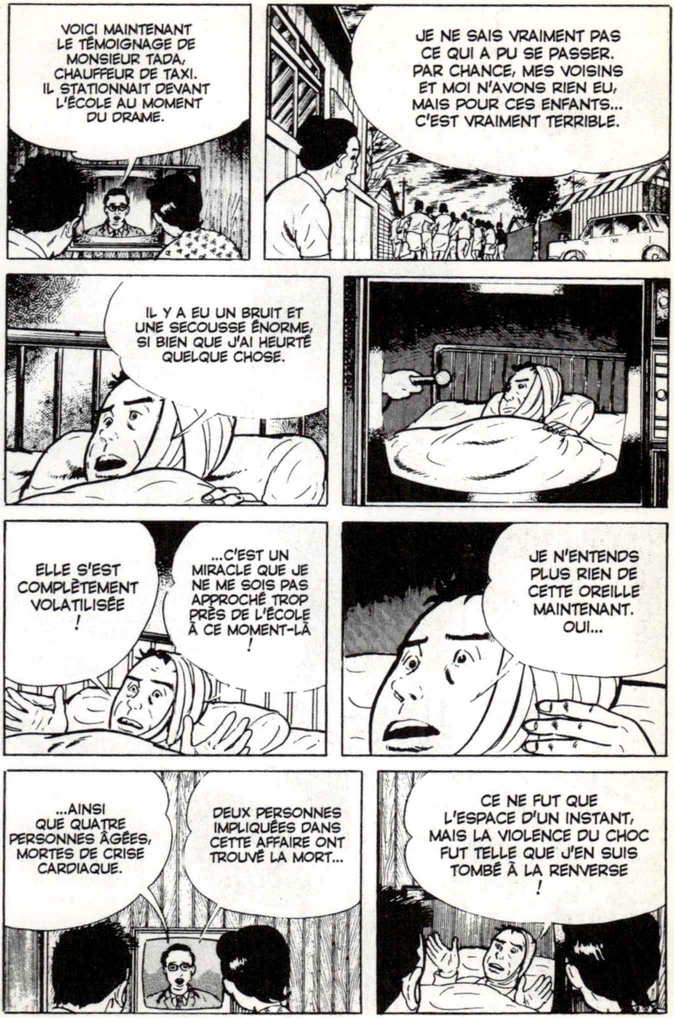
VOICI MAINTENANT LE TÉMOIGNAGE DE MONSIEUR TADA, CHAUFFEUR DE TAXI. IL STATIONNAIT DEVANT L'ÉCOLE AU MOMENT DU DRAME.
JE NE SAIS VRAIMENT PAS CE QUI A PU SE PASSER. PAR CHANCE, MES VOISINS ET MOI N'AVONS RIEN EU, MAIS POUR CES ENFANTS... C'EST VRAIMENT TERRIBLE.
IL Y A EU UN BRUIT ET UNE SECOUSSE ÉNORME, SI BIEN QUE J'AI HEURTÉ QUELQUE CHOSE.
ELLE S'EST COMPLÈTEMENT VOLATILISÉE !
...C'EST UN MIRACLE QUE JE NE ME SOIS PAS APPROCHÉ TROP PRÈS DE L'ÉCOLE À CE MOMENT-LÀ !
JE N'ENTENDS PLUS RIEN DE CETTE OREILLE MAINTENANT. OUI...
...AINSI QUE QUATRE PERSONNES ÂGÉES, MORTES DE CRISE CARDIAQUE.
DEUX PERSONNES IMPLIQUÉES DANS CETTE AFFAIRE ONT TROUVÉ LA MORT...
CE NE FUT QUE L'ESPACE D'UN INSTANT, MAIS LA VIOLENCE DU CHOC FUT TELLE QUE J'EN SUIS TOMBÉ À LA RENVERSE !

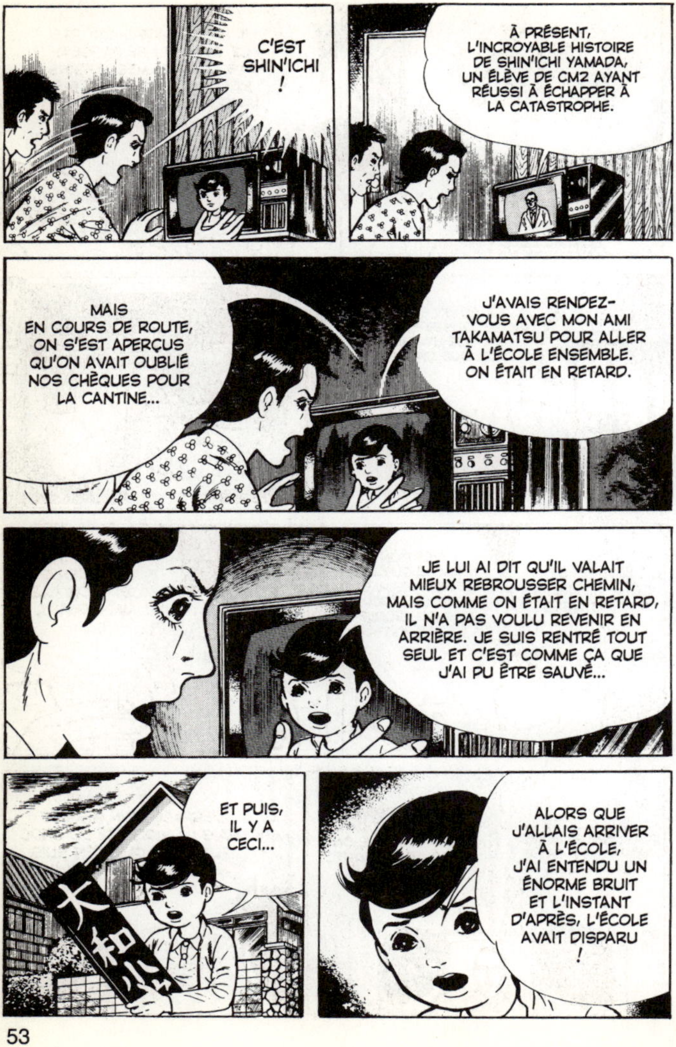
À PRÉSENT, L'INCROYABLE HISTOIRE DE SHIN'ICHI YAMADA, UN ÉLÈVE DE CM2 AYANT RÉUSSI À ÉCHAPPER À LA CATASTROPHE.
C'EST SHIN'ICHI !
J'AVAIS RENDEZ-VOUS AVEC MON AMI TAKAMATSU POUR ALLER À L'ÉCOLE ENSEMBLE. ON ÉTAIT EN RETARD.
MAIS EN COURS DE ROUTE, ON S'EST APERÇUS QU'ON AVAIT OUBLIÉ NOS CHÈQUES POUR LA CANTINE...
JE LUI AI DIT QU'IL VALAIT MIEUX REBROUSSER CHEMIN, MAIS COMME ON ÉTAIT EN RETARD, IL N'A PAS VOULU REVENIR EN ARRIÈRE. JE SUIS RENTRÉ TOUT SEUL ET C'EST COMME ÇA QUE J'AI PU ÊTRE SAUVÉ...
ALORS QUE J'ALLAIS ARRIVER À L'ÉCOLE, J'AI ENTENDU UN ÉNORME BRUIT ET L'INSTANT D'APRÈS, L'ÉCOLE AVAIT DISPARU !
ET PUIS, IL Y A CECI...
大和小

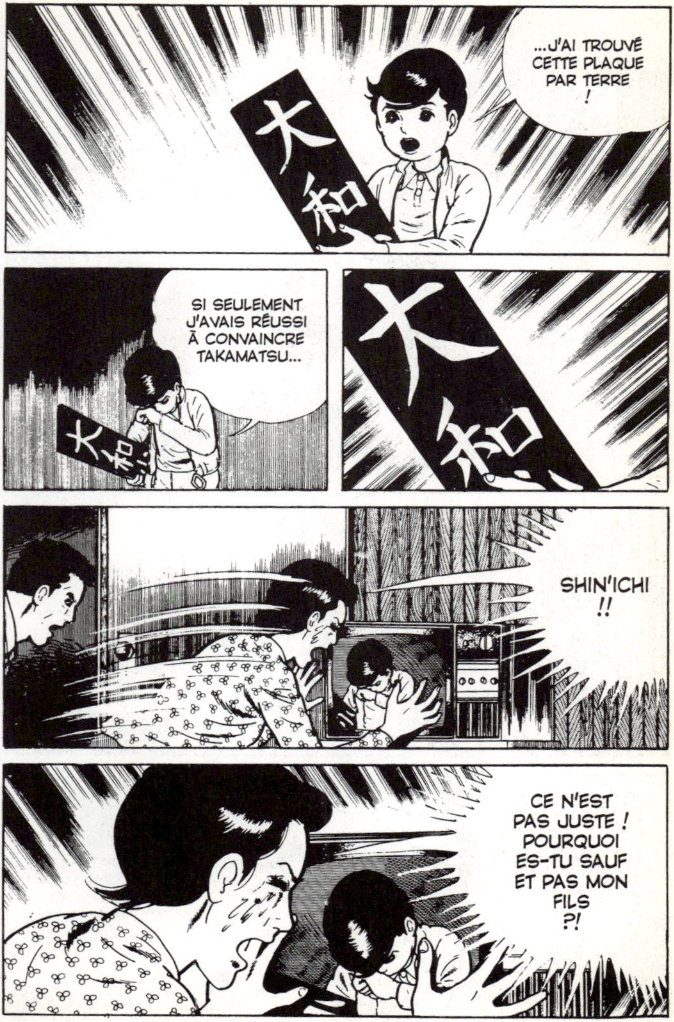
大和
...J'AI TROUVÉ CETTE PLAQUE PAR TERRE !
SI SEULEMENT J'AVAIS RÉUSSI À CONVAINCRE TAKAMATSU...
SHIN'ICHI !!
CE N'EST PAS JUSTE ! POURQUOI ES-TU SAUF ET PAS MON FILS ?!

L'ORIGINE DU DRAME N'EST TOUJOURS PAS ÉLUCIDÉE. S'AGIT-IL DE L'EXPLOSION D'UNE MINE ABANDONNÉE EN TEMPS DE GUERRE ? OU DU CRASH D'UN AVION PORTANT UNE BOMBE ? LES HYPOTHÈSES SONT NOMBREUSES ET LA CONFUSION RÈGNE.
NOUS AVONS PU IDENTIFIER AU COMPLET LES 862 PERSONNES DE L'ÉCOLE YAMATO QUI ONT DISPARU SANS LAISSER DE TRACES...
MAIS UN AUTRE MYSTÈRE DEMEURE : COMMENT SE FAIT-IL QU'APRÈS UNE TELLE EXPLOSION, ON N'AIT RETROUVÉ AUCUN DÉBRIS ?
QUOI QU'IL EN SOIT, LES PERSONNES SE TROUVANT DANS L'ÉCOLE SONT PROBABLEMENT TOUTES...

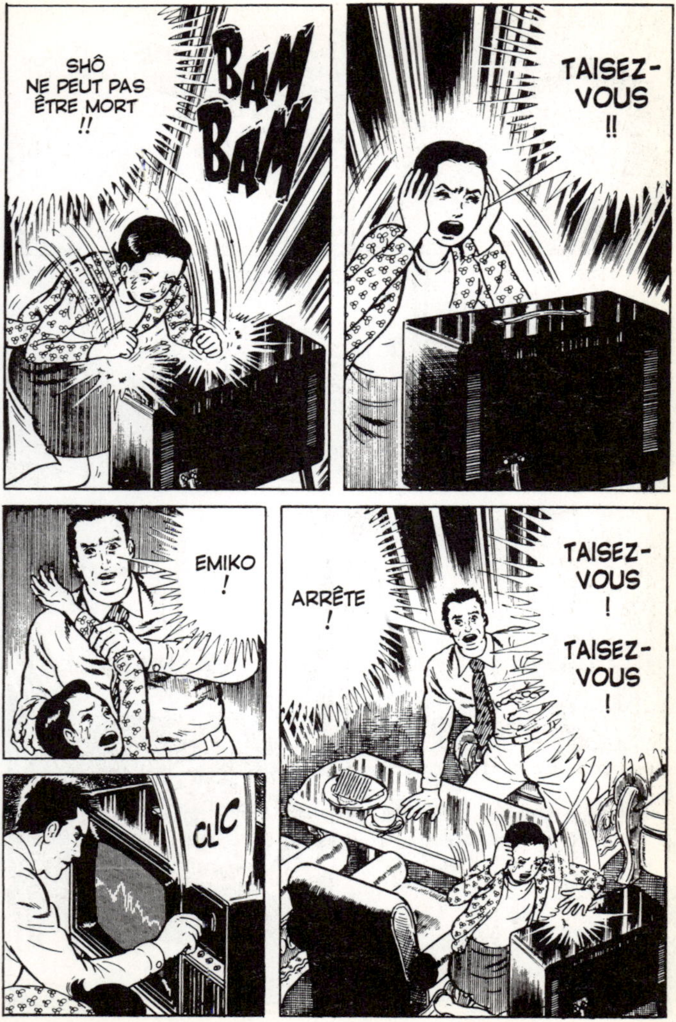
SHÔ NE PEUT PAS ÊTRE MORT !!
BAM BAM
TAISEZ-VOUS !!
EMIKO !
ARRÊTE !
TAISEZ-VOUS ! TAISEZ-VOUS !
CLIC

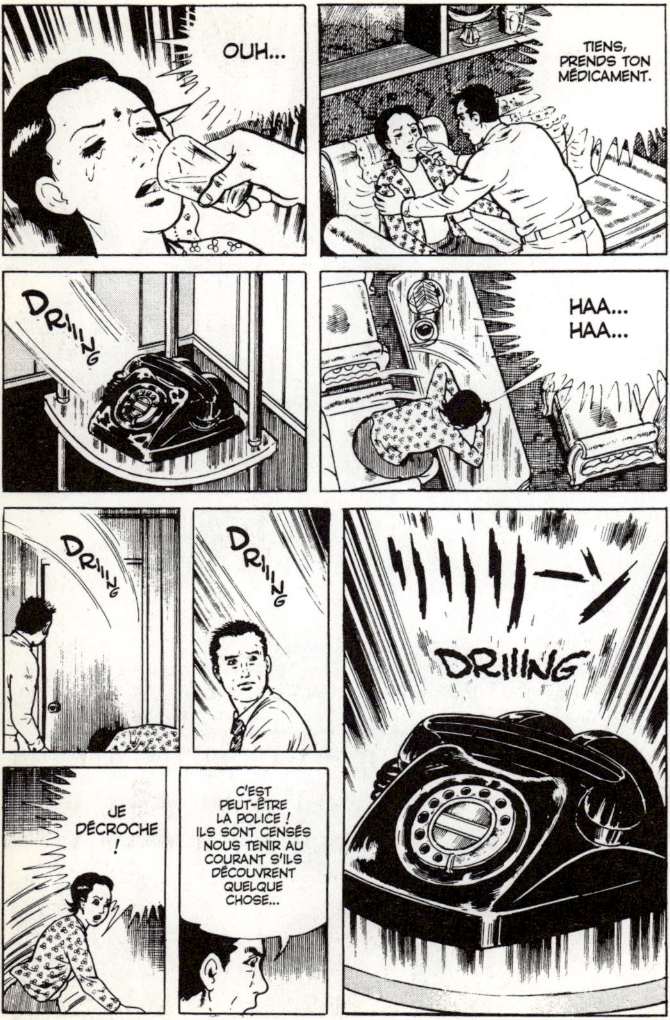
OUH...
TIENS, PRENDS TON MÉDICAMENT.
DRIIING
HAA... HAA...
DRIIING
DRIIING
DRIIING
JE DÉCROCHE !
C'EST PEUT-ÊTRE LA POLICE ! ILS SONT CENSÉS NOUS TENIR AU COURANT S'ILS DÉCOUVRENT QUELQUE CHOSE...

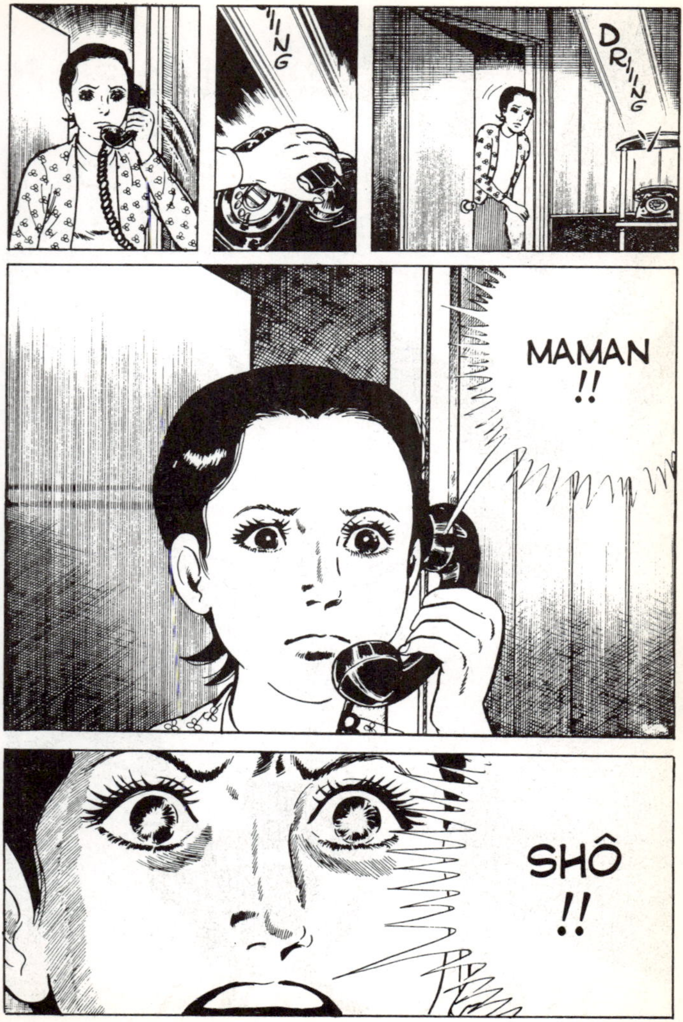
DRIIING
DRIIING
MAMAN !!
SHÔ !!

ALLÔ ?! SHÔ, C'EST TOI ?!

AU SECOURS !!
MAMAN !!

MAMAN !!
AU SECOURS !!
CHAPITRE 3
LE CRI DERRIÈRE LE MUR

JE VAIS ME FAIRE TUER !!

RÉPONDS-MOI !!
ALLÔ ?
SHÔ !!
ALLÔ !!
QUE SE PASSE-T-IL ?
SHÔ ! OÙ ES-TU ?!
ALLÔ !!
ALLÔ ?

EMIKO QUE FAIS-TU ? REPRENDS-TOI !
C'EST UN APPEL DE SHÔ !
PASSE-MOI ÇA.
ALLÔ ?
JE PARLE BIEN À MONSIEUR TAKAMATSU ?
C'EST LUI-MÊME.
JE SUIS MADAME YAMADA, LA MÈRE DE SHIN'ICHI.
C'EST VRAIMENT TERRIBLE, CE QUI S'EST PASSÉ...

JE VOULAIS OFFRIR TOUTE MA SYMPATHIE À VOTRE FEMME...
...MAIS PEUT-ÊTRE AURAIS-JE MIEUX FAIT DE NE PAS APPELER...
DONNE-MOI ÇA !
SHÔ ? ALLÔ ?!
ALLÔ !
RÉPONDS-MOI, JE T'EN PRIE !
ALLÔ ?
ALLÔ !!
ÇA SUFFIT !
CLING

QUE FAIS-TU ? JE VENAIS DE RECEVOIR UN APPEL DE SHÔ !
C'ÉTAIT UN COUP DE FIL DE LA MÈRE DE SHIN'ICHI !
RESSAISIS-TOI ! COMMENT VEUX-TU RECEVOIR UN APPEL DE SHÔ ?
MAIS C'ÉTAIT SA VOIX ! J'EN SUIS CERTAINE !
ELLE DISAIT " MAMAN !! AU SECOURS !! "
C'EST FORCÉMENT ÇA ! SHÔ EST BEL ET BIEN VIVANT !
IL A DÛ LUI ARRIVER QUELQUE CHOSE DE GRAVE, ET IL APPELLE À L'AIDE !
J'ARRIVE ! MAMAN VA VENIR TE SAUVER !
ATTENDS !
SHÔ ! OÙ ES-TU ?!

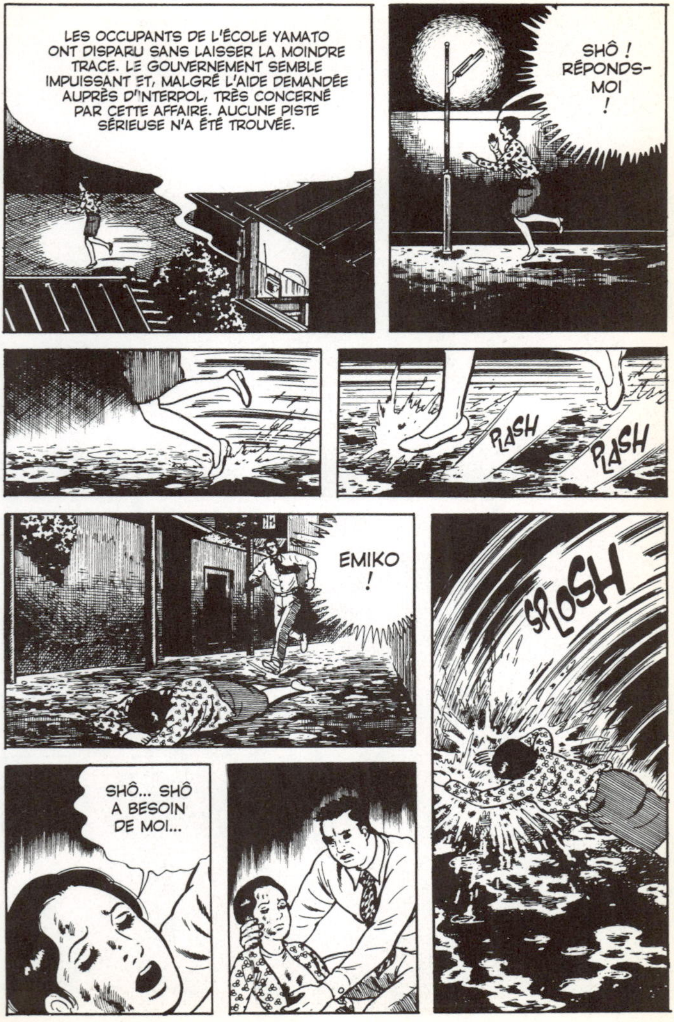
LES OCCUPANTS DE L'ÉCOLE YAMATO ONT DISPARU SANS LAISSER LA MOINDRE TRACE. LE GOUVERNEMENT SEMBLE IMPUISSANT ET, MALGRÉ L'AIDE DEMANDÉE AUPRÈS D'INTERPOL, TRÈS CONCERNÉ PAR CETTE AFFAIRE. AUCUNE PISTE SÉRIEUSE N'A ÉTÉ TROUVÉE.
SHÔ ! RÉPONDS-MOI !
PLASH
PLASH
EMIKO !
SPLOSH
SHÔ... SHÔ A BESOIN DE MOI...

C'EST ENTENDU. SHÔ EST TOUJOURS VIVANT.
NE NOUS LAISSONS PAS DÉPASSER PAR LES ÉVÉNEMENTS.

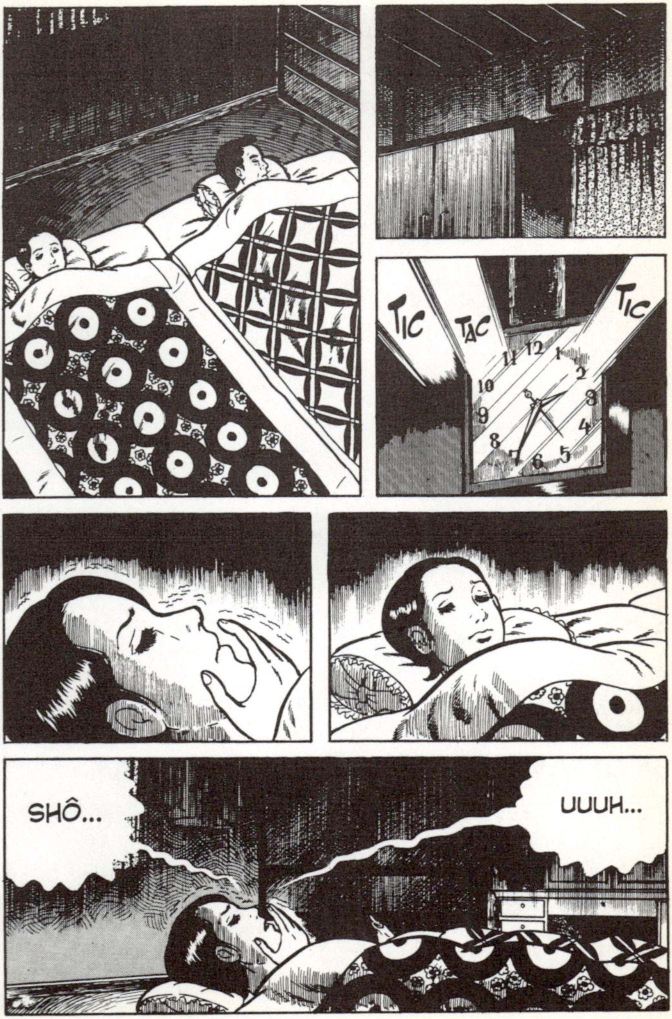
TIC
TAC
TIC
SHÔ...
UUUH...

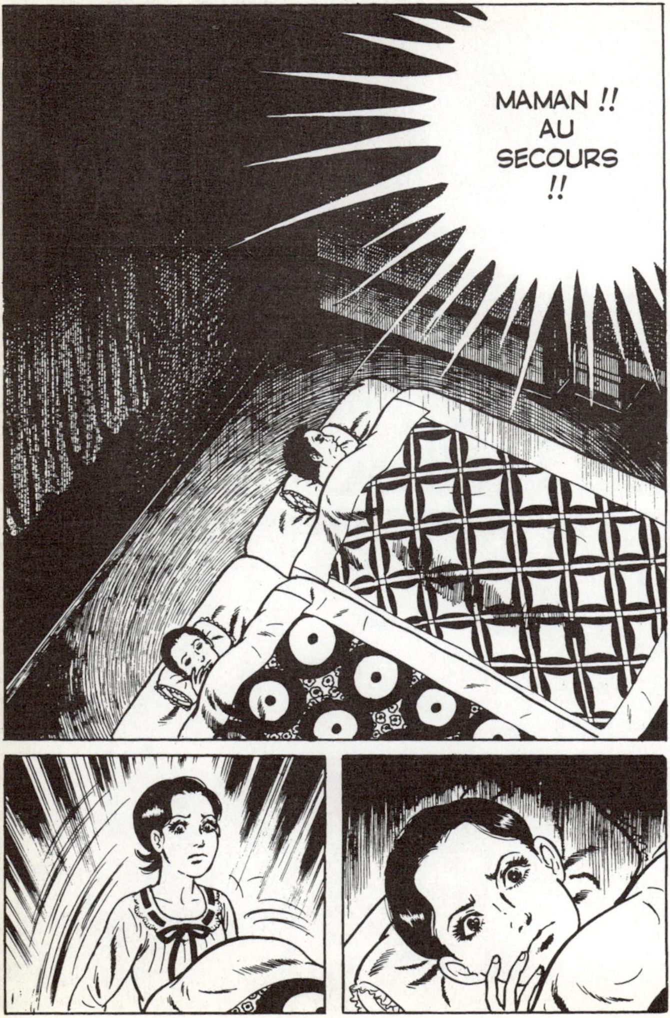
MAMAN !! AU SECOURS !!

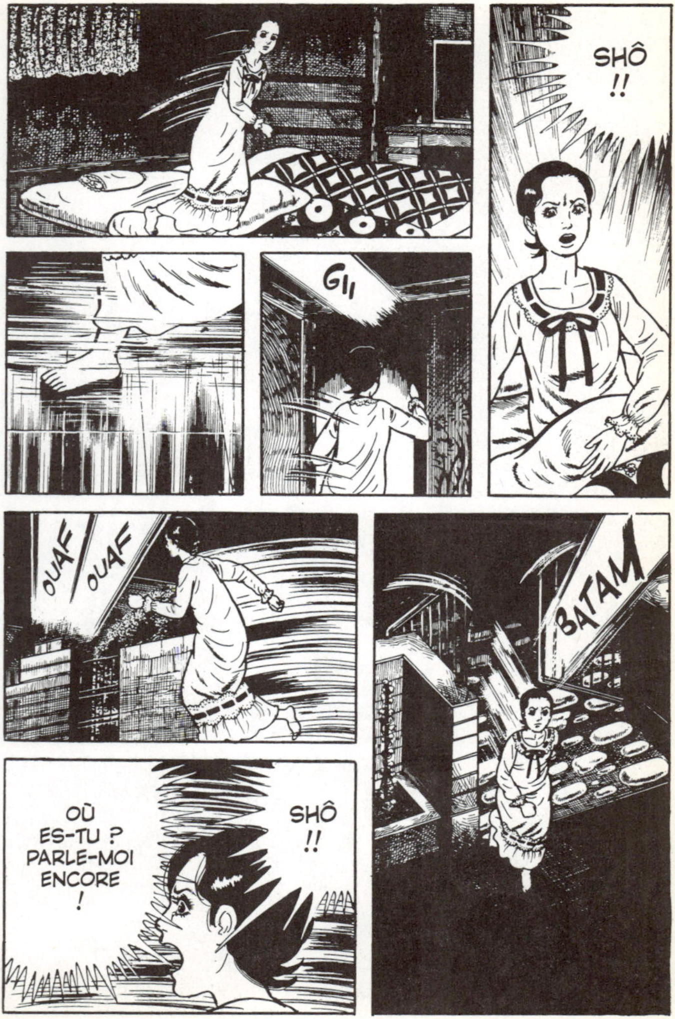
SHÔ !!
GII
OUAF
OUAF
BATAM
SHÔ !!
OÙ ES-TU ? PARLE-MOI ENCORE !

AIDE-MOI !
AIDE-MOI !
MAMAN ! AU SECOURS !
OÙ ES-TU ?!
SHÔ !
VRIC
JE N'AI PAS RÊVÉ ! C'ÉTAIT BIEN SA VOIX ! ÇA VENAIT DE CETTE DIRECTION !
VLAM

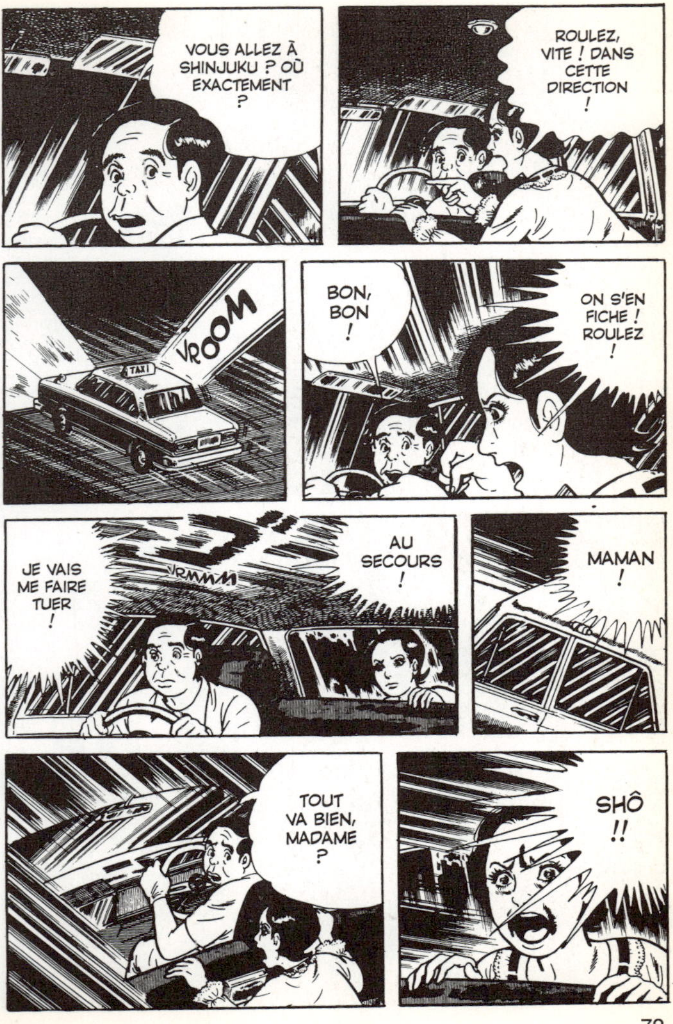
VOUS ALLEZ À SHINJUKU ? OÙ EXACTEMENT ?
ROULEZ, VITE ! DANS CETTE DIRECTION !
VROOM
BON, BON !
ON S'EN FICHE ! ROULEZ !
JE VAIS ME FAIRE TUER !
VRMMM
AU SECOURS !
MAMAN !
TOUT VA BIEN, MADAME ?
SHÔ !!

JE VOUS ASSURE QUE JE N'AI RIEN ENTENDU DE TEL !
HEIN ?!
DÉPÊCHEZ-VOUS ! MON FILS VA SE FAIRE TUER ! VOUS N'AVEZ PAS ENTENDU ? " MAMAN ! AU SECOURS ! JE VAIS ME FAIRE TUER ! "
PAS PAR-LÀ ! LÀ-BAS ! LA VOIX VIENT DE LÀ-BAS !
MON FILS DISPARU RÉCLAME MON AIDE !
IMPOSSIBLE ! VOUS AVEZ FORCÉMENT ENTENDU !
RROOO
VROOO
HIII
POUR L'AMOUR DU CIEL, DÉPÊCHEZ-VOUS !

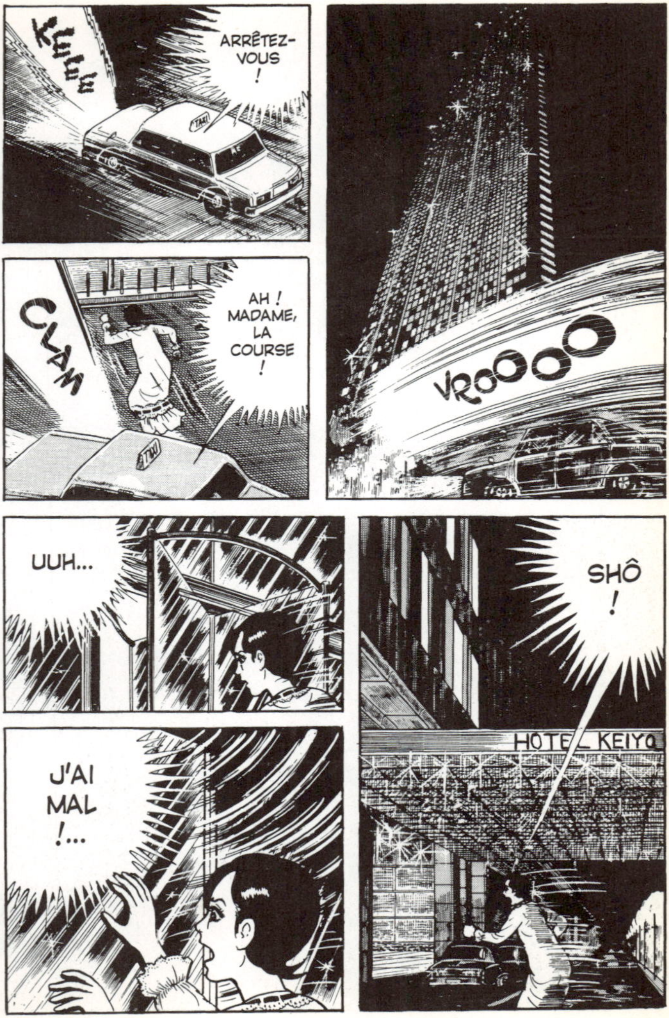
KUUUU
ARRÊTEZ-VOUS !
TAXI
CLAM
AH ! MADAME, LA COURSE !
VROOOOO
UUH...
J'AI MAL !...
SHÔ !
HOTEL KEIYO

C'EST ICI ! ÇA NE PEUT VENIR QUE DE CET HÔTEL ! LA VOIX VENAIT DE TRÈS HAUT DANS LE CIEL !
J'ARRIVE !
OÙ EST L'ASCENSEUR ?
AU FOND !
GATAM

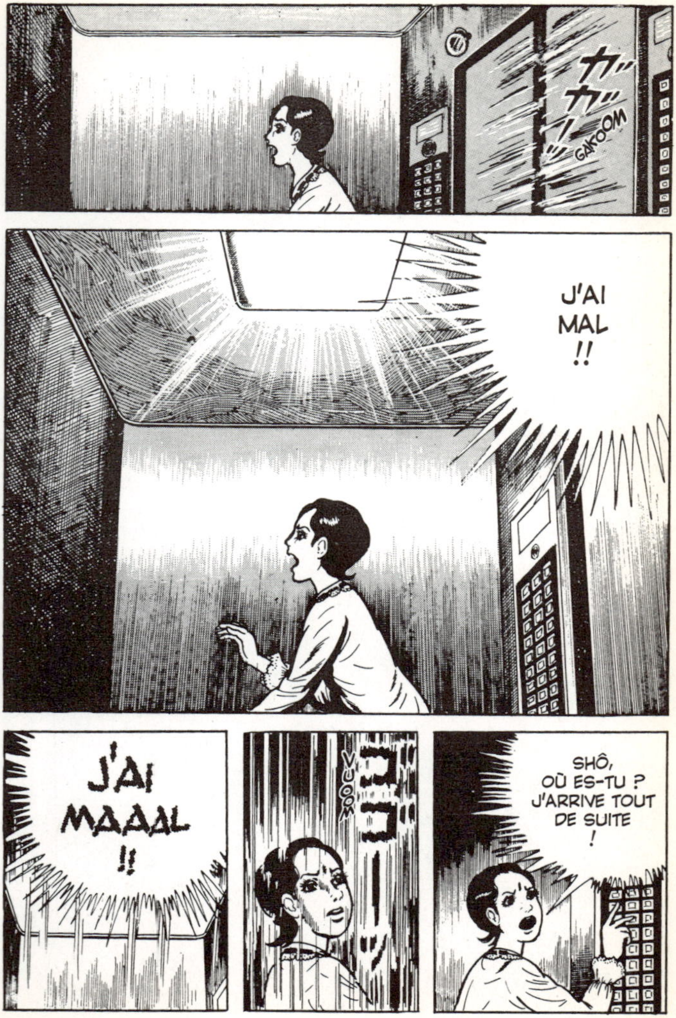
GAKOOM
J'AI MAL !!
J'AI MAAAL !!
VUOOM
SHÔ, OÙ ES-TU ? J'ARRIVE TOUT DE SUITE !

WOOOO
SHÔ !!
VROO
WOOOO
SHÔ !!
TU ES LÀ-BAS !
C'EST LÀ QUE TU ES ENFERMÉ !

MAMAN ! AU SECOURS !!
BAM
OUVREZ CETTE PORTE !!
BAM
OUVREZ !!
BAM
QU'EST-CE QUE VOUS VOULEZ ?
SHÔ !
SHÔ !!
AH !
RENDEZ-MOI MON FILS !

SHÔ !!
SLAP
HIIII !!
OÙ EST-IL ?
GI
OÙ EST SHÔ ?!
KATAK

OÙ L'AVEZ-VOUS CACHÉ ?!
OÙ EST SHÔ ?! VOUS L'AVEZ CACHÉ, AVOUEZ-LE !!
MAIS DE QUEL DROIT VOUS PERMETTEZ-VOUS...
YAAAH !!
FLAP
GYAAAAH !!
KYAA !!

HEL... HELP ME !!
HIII !
C'EST VOUS ! C'EST VOUS QUI L'AVEZ CACHÉ !
DITES-MOI TOUT ! ALLEZ !
QU'EST-CE QUI VOUS PREND ?!
LÂCHEZ-LA TOUT DE SUITE !

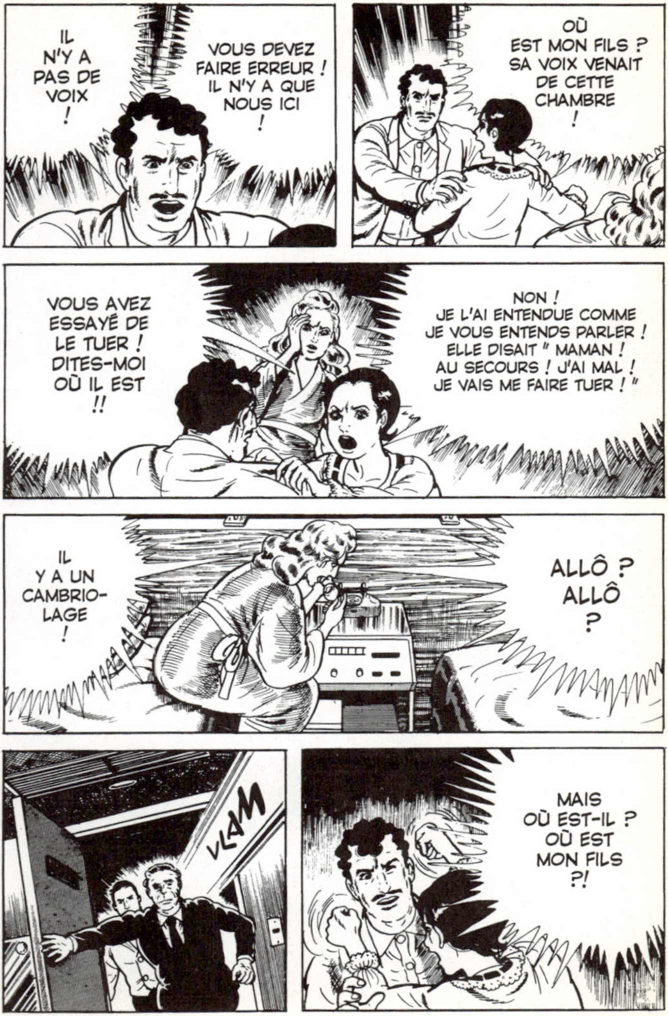

IL N'Y A PAS DE VOIX !
VOUS DEVEZ FAIRE ERREUR ! IL N'Y A QUE NOUS ICI !
OÙ EST MON FILS ? SA VOIX VENAIT DE CETTE CHAMBRE !
VOUS AVEZ ESSAYÉ DE LE TUER ! DITES-MOI OÙ IL EST !!
NON ! JE L'AI ENTENDUE COMME JE VOUS ENTENDS PARLER ! ELLE DISAIT " MAMAN ! AU SECOURS ! J'AI MAL ! JE VAIS ME FAIRE TUER ! "
IL Y A UN CAMBRIO-LAGE !
ALLÔ ? ALLÔ ?
VLAM
MAIS OÙ EST-IL ? OÙ EST MON FILS ?!

JE VOUS PRIERAI D'EXPULSER CETTE FEMME SUR-LE-CHAMP !
ELLE PRÉTEND QUE NOUS AVONS TUÉ SON FILS !
QUE SE PASSE-T-IL ICI ?
C'EST LA VÉRITÉ ! J'AI ENTENDU LA VOIX DE MON FILS QUI VENAIT DE CETTE CHAMBRE ! TRÈS DISTINCTEMENT !
MENSONGES ! MA FEMME DORMAIT TRANQUILLEMENT ! QUANT À MOI, J'ÉTAIS EN TRAIN D'ÉCRIRE SANS FAIRE DE BRUIT. LA TÉLÉ N'ÉTAIT MÊME PAS ALLUMÉE. AUCUN BRUIT NE POUVAIT ÉMANER DE CETTE PIÈCE !
MADAME, QUI ÊTES-VOUS ? ÊTES-VOUS UNE CLIENTE DE CET HÔTEL ?
PAS DU TOUT ! JE SUIS VENUE POUR SAUVER MON FILS !
LES PERSONNES ÉTRANGÈRES À CET HÔTEL N'ONT PAS À RÔDER ICI !
QUAND BIEN MÊME VOUS SERIEZ UNE DE NOS CLIENTES, IL EST FORMELLEMENT INTERDIT D'ENTRER DANS LES CHAMBRES, QUI PLUS EST EN CHEMISE DE NUIT !

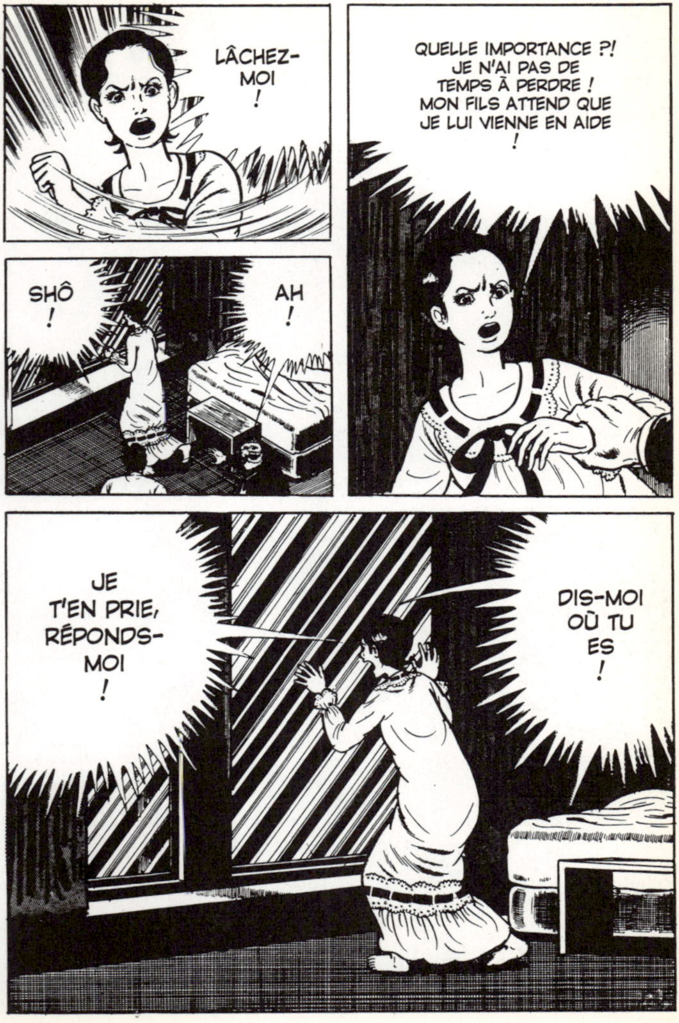
LÂCHEZ-MOI !
QUELLE IMPORTANCE ?! JE N'AI PAS DE TEMPS À PERDRE ! MON FILS ATTEND QUE JE LUI VIENNE EN AIDE !
SHÔ !
AH !
JE T'EN PRIE, RÉPONDS-MOI !
DIS-MOI OÙ TU ES !

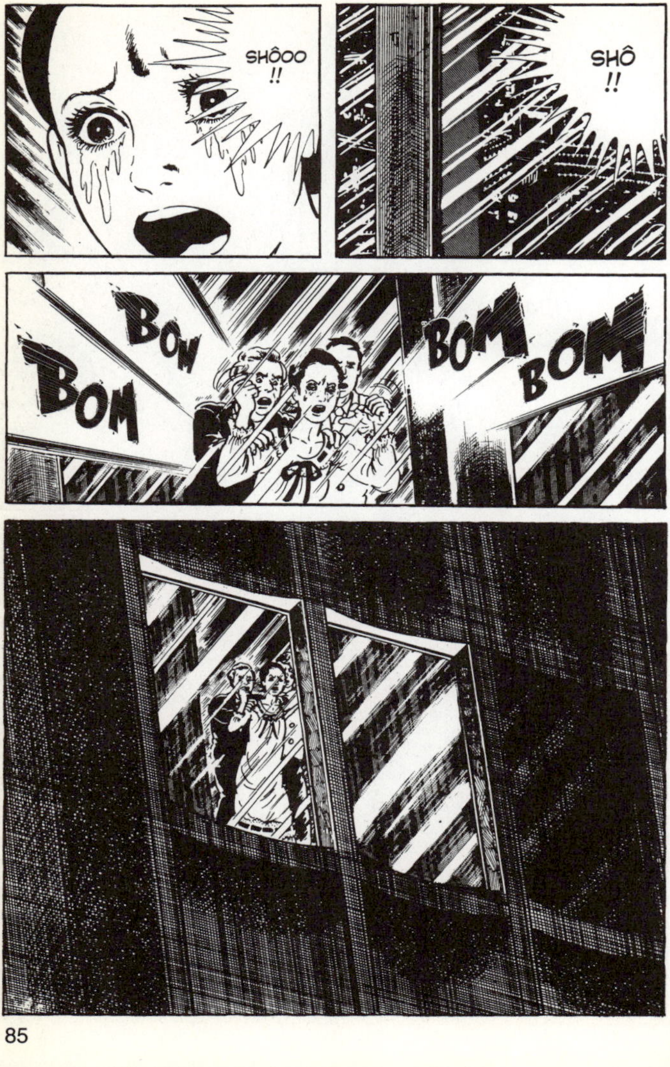
SHÔOO !!
SHÔ !!
BOM
BOM
BOM
BOM

JE VOUS PRIE DE BIEN VOULOIR NOUS PARDONNER.
JE TE JURE QUE C'EST VRAI ! C'ÉTAIT SA VOIX !
C'EST INUTILE. À PRÉSENT TOUT LE MONDE CONNAÎT NOS VISAGES, AINSI QUE NOS NOMS ET ADRESSE ! SI NOUS Y RETOURNIONS ILS APPELLERAIENT IMMÉDIATEMENT LA POLICE !
JE T'EN SUPPLIE, ACCOMPAGNE-MOI ENCORE UNE FOIS DANS CETTE CHAMBRE !
MAIS C'EST BIZARRE... JE NE L'ENTENDS PLUS.
WOUAAAH !!
MAIS ALORS, OÙ EST SHÔ ?
ET DE PLUS, IL N'Y AVAIT ABSOLUMENT RIEN DANS CETTE CHAMBRE.

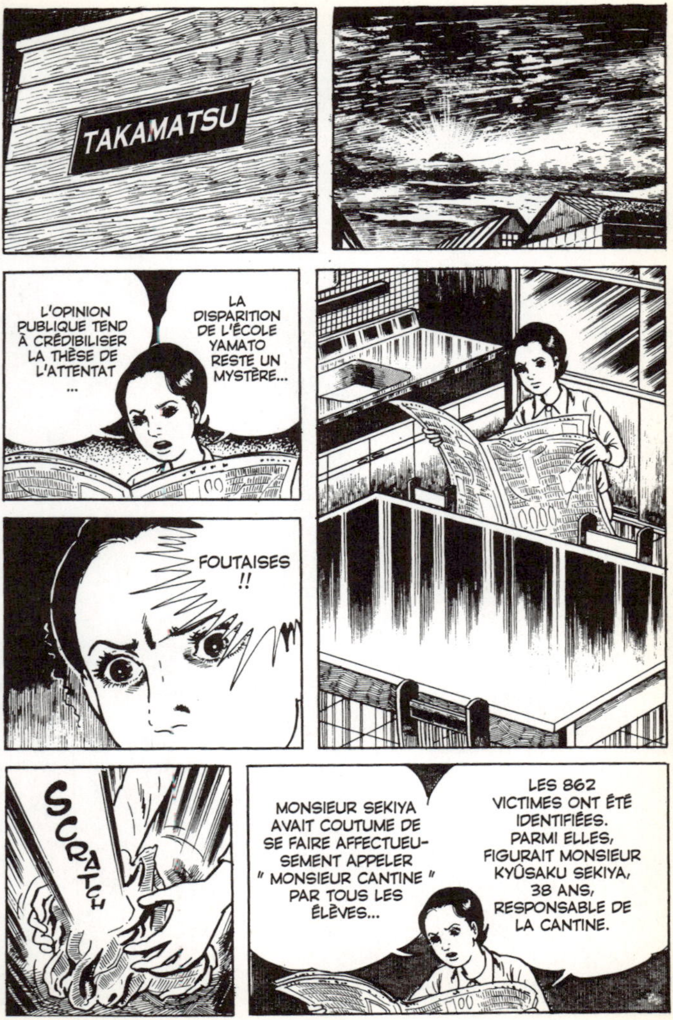
TAKAMATSU
LA DISPARITION DE L'ÉCOLE YAMATO RESTE UN MYSTÈRE...
L'OPINION PUBLIQUE TEND À CRÉDIBILISER LA THÈSE DE L'ATTENTAT ...
FOUTAISES !!
LES 862 VICTIMES ONT ÉTÉ IDENTIFIÉES. PARMI ELLES, FIGURAIT MONSIEUR KYÛSAKU SEKIYA, 38 ANS, RESPONSABLE DE LA CANTINE.
MONSIEUR SEKIYA AVAIT COUTUME DE SE FAIRE AFFECTUEU-SEMENT APPELER " MONSIEUR CANTINE " PAR TOUS LES ÉLÈVES...
SCRATCH

SHÔ
!
KEE

JE L'AI TROUVÉ !...
LA DERNIÈRE FOIS QUE J'AI RANGÉ TON BUREAU, J'AVAIS EU L'INTENTION DE LE JETER AVEC LE RESTE.
...LE COUTEAU AUQUEL TU TENAIS TANT... COMBIEN DE FOIS T'AI-JE GRONDÉ PARCE QUE JE TROUVAIS CELA DANGEREUX... DANGEREUX ET INUTILE, AUSSI.
MAIS À PRÉSENT, JE SUIS SÛRE QU'IL PEUT TE VENIR EN AIDE, D'UNE FAÇON OU D'UNE AUTRE !
ET PUIS TU ES PARTI EN ME DISANT QUE TU NE REVIENDRAIS PLUS...
OOH...

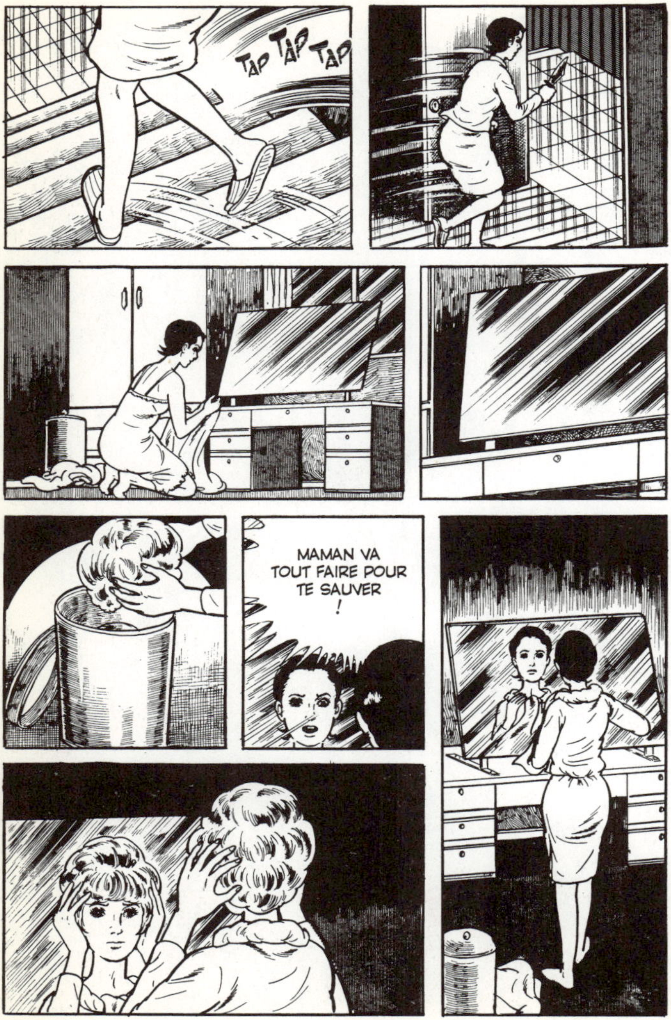
TAP TAP TAP
MAMAN VA TOUT FAIRE POUR TE SAUVER !

EMIKO ? QU'EST-CE QUE TU FABRIQUES ?
QUE FAIS-TU AVEC CE SAC ?
HÉ ! OÙ VAS-TU COMME ÇA ?
J'AI AUSSI APPRIS QUE LES CLIENTS DE LA CHAMBRE 4225 PARTAIENT CE SOIR À 23H.
JE LES AI DÉJÀ APPELÉS POUR RÉSERVER. BIEN ENTENDU, JE LEUR AI DONNÉ UNE FAUSSE IDENTITÉ ET UNE FAUSSE ADRESSE.
CRII
AVEC UNE PERRUQUE ET SUFFISAMMENT DE MAQUILLAGE, ILS NE ME RECONNAÎTRONT PAS.
HIER SOIR J'AI RÉFLÉCHI. JE VAIS PRENDRE UNE CHAMBRE À CET HÔTEL POUR LA NUIT ET SAUVER SHÔ !

KFE
ET J'AI APPELÉ UN TAXI.
ATTENDS !
J'AI PRIS 100 000 YENS SUR NOS ÉCONOMIES.
JE NE RENTRERAI PAS CETTE NUIT. PEUT-ÊTRE PAS DEMAIN NON PLUS, NI APRÈS-DEMAIN. NE TE FAIS PAS DE SOUCIS. RENDS-TOI À TON TRAVAIL COMME D'HABITUDE.
CLAC
EMIKO !
VRAOUM

J'AI FAIT UNE RÉSERVATION POUR LA CHAMBRE 4225.
TAC TAC
C'EST INUTILE, JE TROUVERAI TOUTE SEULE. PUIS-JE AVOIR LES CLEFS ?
LE GARÇON VA VOUS CONDUIRE À VOTRE CHAMBRE.
VEUILLEZ REMPLIR CE FORMULAIRE AVEC VOS NOMS, PRÉNOMS ET ADRESSE, S'IL VOUS PLAÎT.

GATAM
TAC
TAC
ゴゴーッ
GOOO
ゴーン
WOOO
4225
KATCHINK
4225

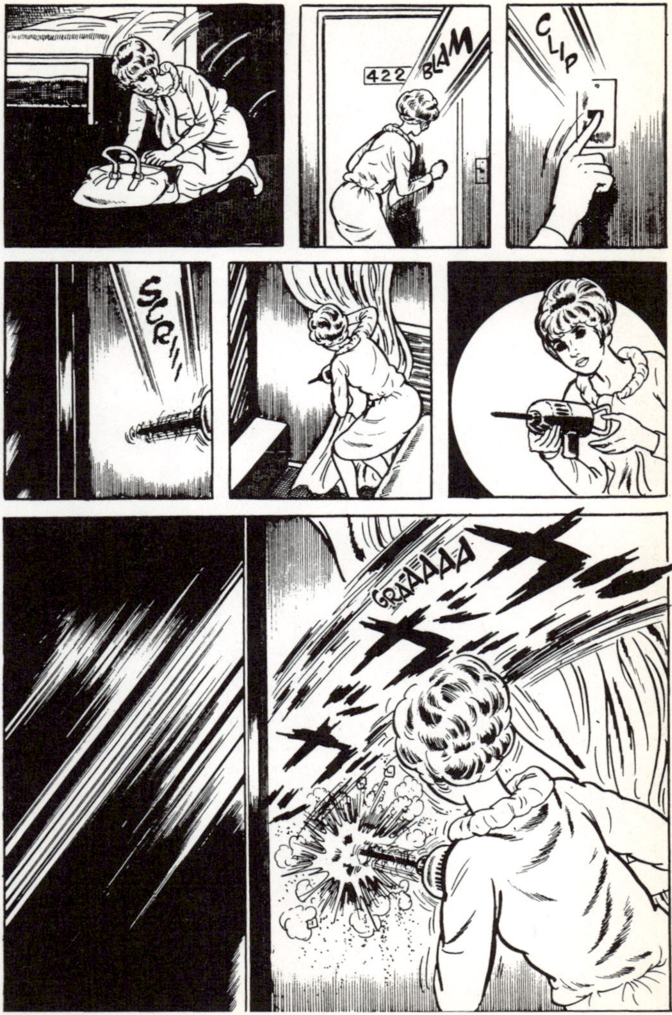
422
BLAM
CLIP
SCR
GRAAAAA

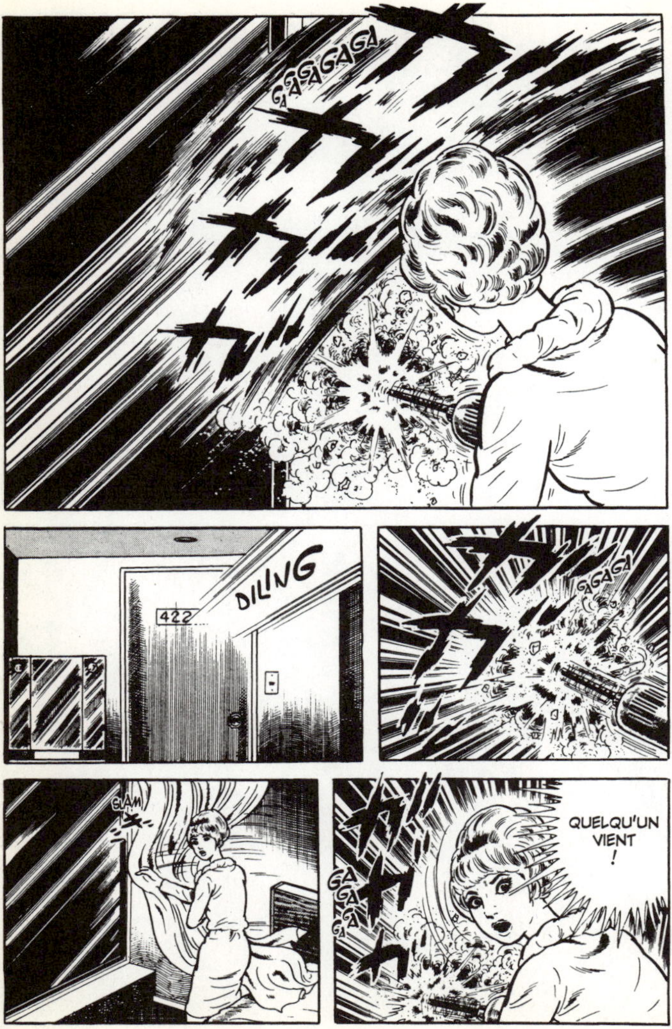
GAGAGAGAGA
DILING
GAGAGA
SLAM
GAGAGAGA
QUELQU'UN VIENT !

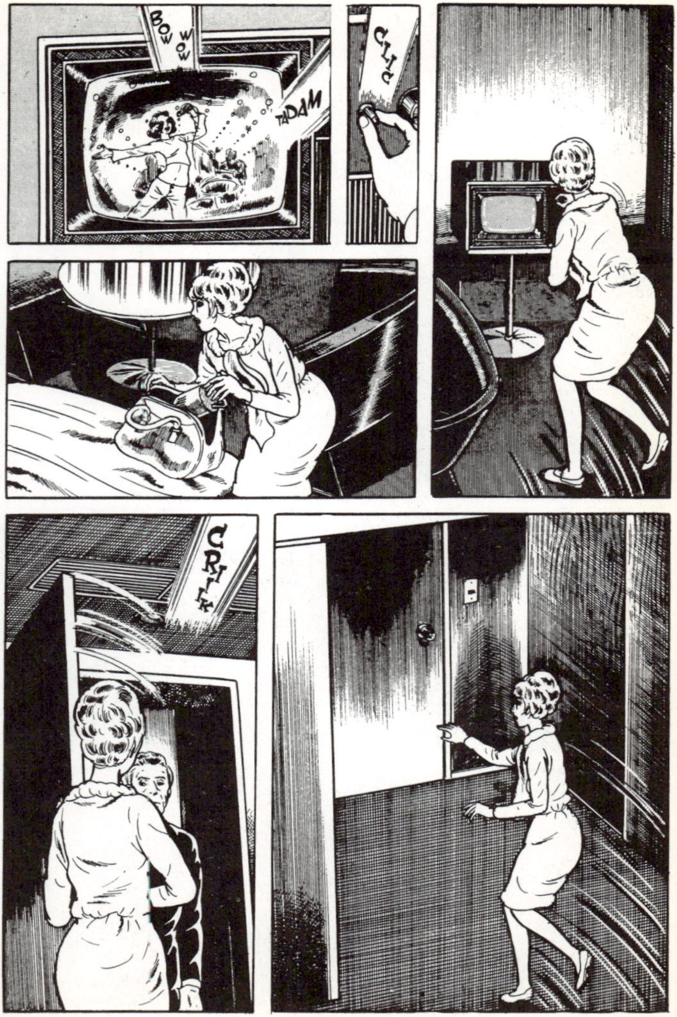
BOW WOW WOW
TADAM
CLIC
CRRIIK

C'EST QUE NOUS AVONS REÇU UN APPEL DE LA CHAMBRE D'Ã CÔTÉ...
ON NOUS A SIGNALÉ UN BRUIT EXTRÊMEMENT FORT DANS LES ENVIRONS, AUSSI JE ME DEMANDAIS D'OÙ CELA POUVAIT VENIR...
QUE PUIS-JE POUR VOUS ?
C'EST IMPOSSIBLE, C'EST LA PREMIÈRE FOIS QUE JE METS LES PIEDS DANS CET ÉTABLISSEMENT.
HEIN ?
JE VOIS. C'EST ÉTRANGE, MAIS VOTRE VISAGE M'EST FAMILIER...
OH, VEUILLEZ M'EXCUSER. C'EST LE SON DE LA TÉLÉ, QUE J'AI LAISSÉ RÉGLÉ TROP FORT. JE VAIS LE BAISSER DÉSORMAIS.
VLAM
SI VOUS VOULEZ BIEN M'EXCUSER, JE VOUS PROMETS DE FAIRE ATTENTION DORÉNAVANT.
ALLÔ ?
TCHAC
TCHAC

JE SUIS BIEN CHEZ LES YAMADA ? SHIN'ICHI EST-IL LÀ ?
AH, SHIN'ICHI ! C'EST MOI, LA MÈRE DE SHÔ !
J'AI UNE GRANDE FAVEUR À TE DEMANDER ! IL FAUT QUE TU ME SAUVES, J'AI BESOIN DE TOI DANS LES PLUS BREFS DÉLAIS !
JE T'EN PRIE, IL FAUT QUE TU VIENNES M'AIDER ! LE SORT DE SHÔ EST EN JEU !
TU ÉTAIS SON AMI, JE SUIS SÛRE QUE TU ME COMPRENDRAS ! IL N'Y A QU'À TOI QUE JE PUISSE EN PARLER !
JE SAIS QUE JE NE DEVRAIS PAS DEMANDER UNE TELLE CHOSE À UN ÉCOLIER COMME TOI !
MAIS JE NE PEUX COMPTER SUR PERSONNE D'AUTRE !
SURTOUT, NE DIS RIEN À TES PARENTS !
NE PARLE PAS ET REJOINS-MOI TOUT DE SUITE !
KA KLING
SHIN'ICHI AVAIT L'AIR TRÈS SURPRIS. EST-CE QU'IL VIENDRA VRAIMENT ?
JE PENSE QU'IL SAURA GARDER LE SILENCE...

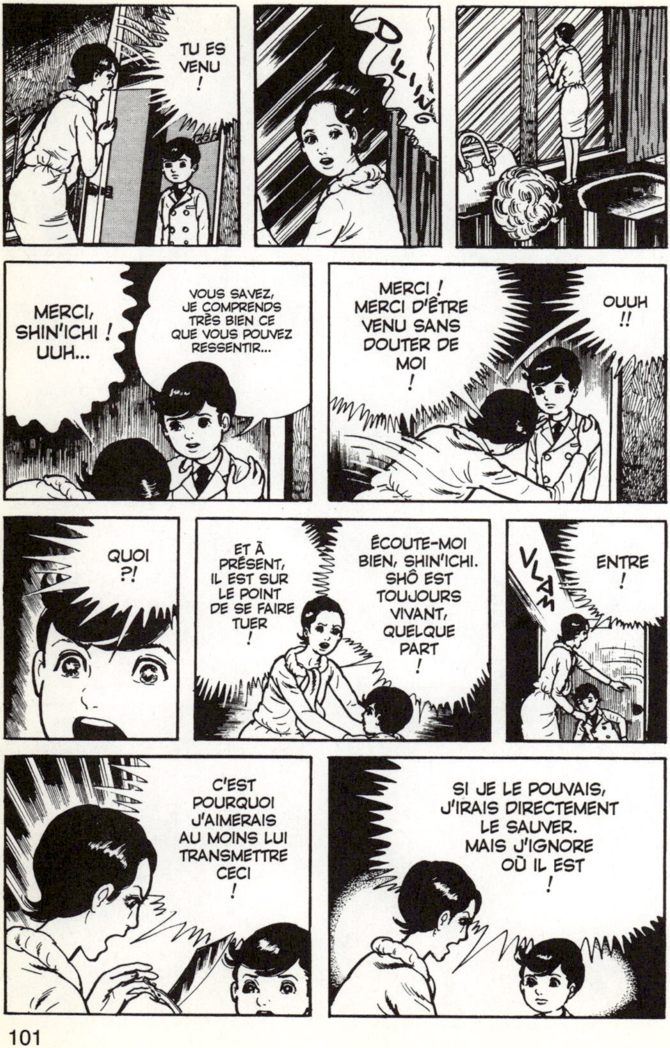
DILIIING
TU ES VENU !
OUUH !!
MERCI ! MERCI D'ÊTRE VENU SANS DOUTER DE MOI !
VOUS SAVEZ, JE COMPRENDS TRÈS BIEN CE QUE VOUS POUVEZ RESSENTIR...
MERCI, SHIN'ICHI ! UUH...
VLAM
ENTRE !
ÉCOUTE-MOI BIEN, SHIN'ICHI. SHÔ EST TOUJOURS VIVANT, QUELQUE PART !
ET À PRÉSENT, IL EST SUR LE POINT DE SE FAIRE TUER !
QUOI ?!
SI JE LE POUVAIS, J'IRAIS DIRECTEMENT LE SAUVER. MAIS J'IGNORE OÙ IL EST !
C'EST POURQUOI J'AIMERAIS AU MOINS LUI TRANSMETTRE CECI !

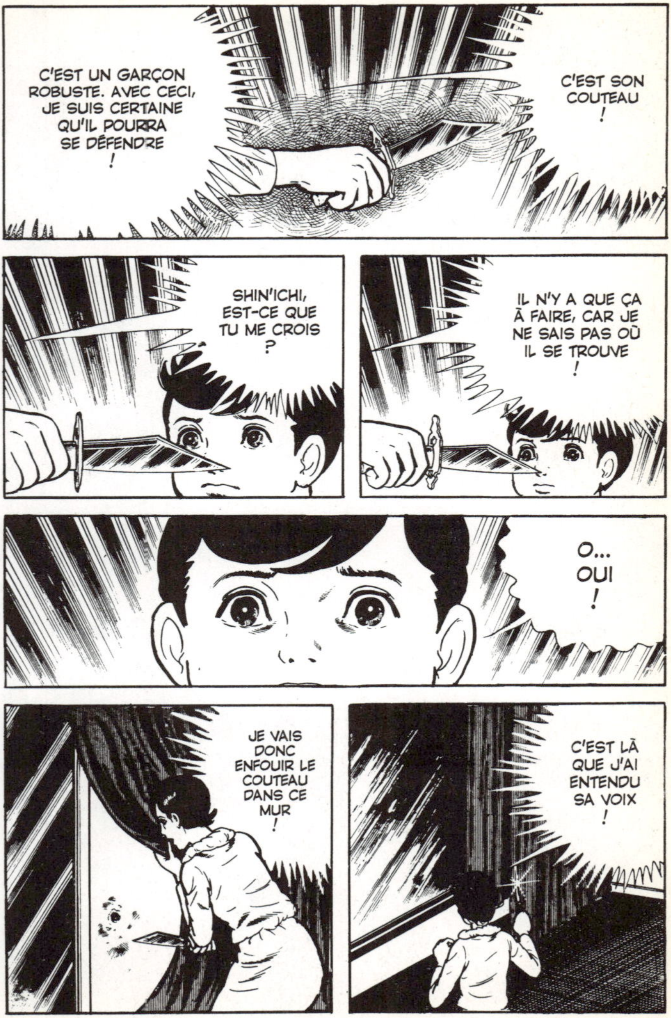
C'EST UN GARÇON ROBUSTE. AVEC CECI, JE SUIS CERTAINE QU'IL POURRA SE DÉFENDRE !
C'EST SON COUTEAU !
SHIN'ICHI, EST-CE QUE TU ME CROIS ?
IL N'Y A QUE ÇA À FAIRE, CAR JE NE SAIS PAS OÙ IL SE TROUVE !
O... OUI !
JE VAIS DONC ENFOUIR LE COUTEAU DANS CE MUR !
C'EST LÀ QUE J'AI ENTENDU SA VOIX !

AINSI, J'AI LE SENTIMENT QU'IL FINIRA PAR RETOURNER DANS SES MAINS !
JE COMPTE SUR TOI POUR M'AVERTIR SI NOS VOISINS DE CHAMBRE OU LES GENS DE L'HÔTEL VENAIENT À PASSER.
J'AI DONC BESOIN QUE TU OBSERVES PAR L'ŒILLETON DE LA PORTE POUR VÉRIFIER QU'IL N'Y A PERSONNE DANS LES ENVIRONS.
JE VAIS ALLER INSPECTER LES CHAMBRES VOISINES POUR VÉRIFIER LESQUELLES SONT OCCUPÉES.
JE FERAI SEMBLANT DE M'ÊTRE TROMPÉ DE CHAMBRE. COMME JE SUIS UN ENFANT, PERSONNE NE SE DOUTERA DE RIEN.
J'AI COMPRIS. VOUS POUVEZ ME FAIRE CONFIANCE !
MERCI, SHIN'ICHI !
CRII

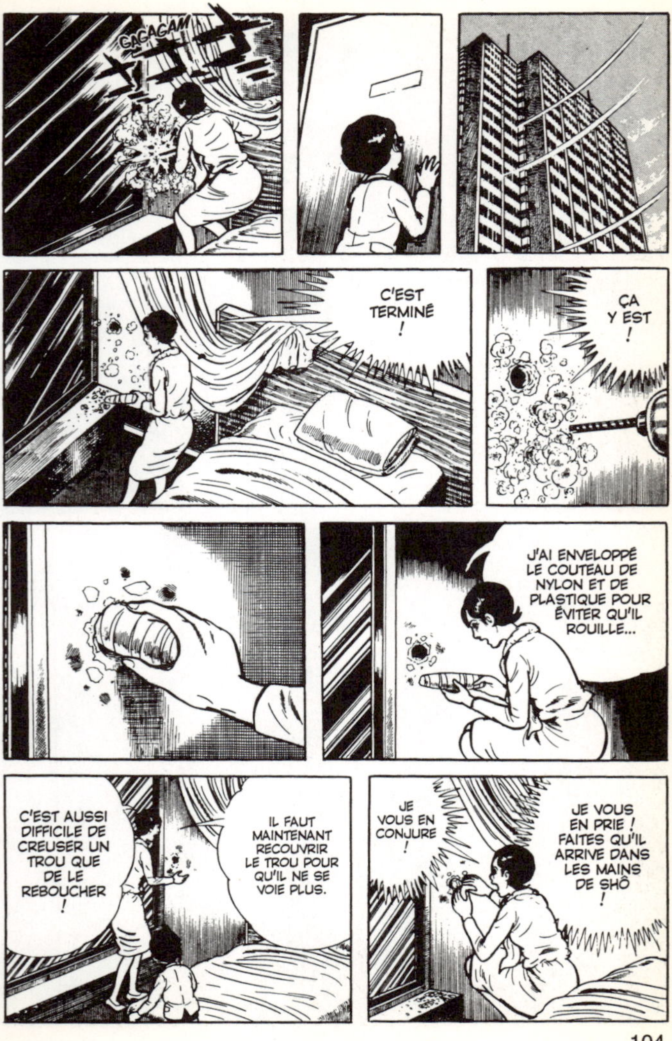
GAGAGAM
ÇA Y EST !
C'EST TERMINÉ !
J'AI ENVELOPPÉ LE COUTEAU DE NYLON ET DE PLASTIQUE POUR ÉVITER QU'IL ROUILLE...
JE VOUS EN PRIE ! FAITES QU'IL ARRIVE DANS LES MAINS DE SHÔ !
JE VOUS EN CONJURE !
IL FAUT MAINTENANT RECOUVRIR LE TROU POUR QU'IL NE SE VOIE PLUS.
C'EST AUSSI DIFFICILE DE CREUSER UN TROU QUE DE LE REBOUCHER !

SHÔ, OÙ ES-TU ? EST-CE QUE TOUT VA BIEN ?
IL FAIT DÉJÀ COMPLÈTEMENT NUIT !
J'AI FINI !
SHIN'ICHI, MERCI POUR TOUT.
OUUH...
MADA-ME...
SHÔ !
QUAND JE QUITTERAI L'HOTEL, JE LEUR VERSERAI UN PETIT SUPPLÉMENT, POUR QU'ILS ME LAISSENT TRANQUILLE.
JE VAIS RESTER ICI JUSQU'À CE QUE J'AIE EFFACÉ TOUTES LES TRACES DU TROU.
VLAM
J'Y VAIS ! AU REVOIR MADAME !

OUUH...
UUUH...

WOOOARGH
SPAC
BROLOM
ガラッ

MAÎTRE !
OUIIN !!
HM ?
OÙ SUIS-JE... NOUS SOMMES SAUVÉS ?
J'AI FAIT UN RÊVE !

C'ÉTAIT UN RÊVE TRÈS ÉTRANGE. JE REVOYAIS LE MONDE D'AVANT.
IL Y AVAIT TA MÈRE... ELLE TE CHERCHAIT PARTOUT.
ET ELLE ENTERRAIT TON COUTEAU DANS LE MUR DE LA CHAMBRE 4225 DE L'HÔTEL KEIYO !
HEIN ?!
AH !!
MAIS C'EST MON COUTEAU !...
OUI, AUCUN DOUTE, JE LE RECONNAIS ! MÊME S'IL EST TOUT ROUILLÉ...
ALORS, NOUS SERIONS...

KYAAH !
C'EST ÇA ! NOUS SOMMES À L'HÔTEL KEIYO !
COMMENT MON COUTEAU S'EST-IL RETROUVÉ ICI ?
JE NE COMPRENDS PAS !
À MOINS QUE... CE QUI S'EST PASSÉ DANS TON RÊVE NE SOIT RÉEL ?
IMPOSSIBLE !
POURTANT, NOUS SOMMES BEL ET BIEN DANS LE FUTUR !

ILS ATTENDENT SÛREMENT NOTRE RETOUR !
JE ME DEMANDE BIEN CE QU'ILS FABRIQUENT À L'ÉCOLE EN CE MOMENT.
NOUS LEUR DIRONS QU'ILS ONT EU UN ACCIDENT. ILS SONT TOUS MORTS PAR ACCIDENT...
JE NE PEUX PAS LEUR DIRE QUE MONSIEUR WAKAHARA A COMPLÈTEMENT CHANGÉ... QU'IL A TUÉ TOUS LES AUTRES !
HÉ HO !!
C'EST L'ÉCOLE !
NOUS SOMMES RENTRÉS !

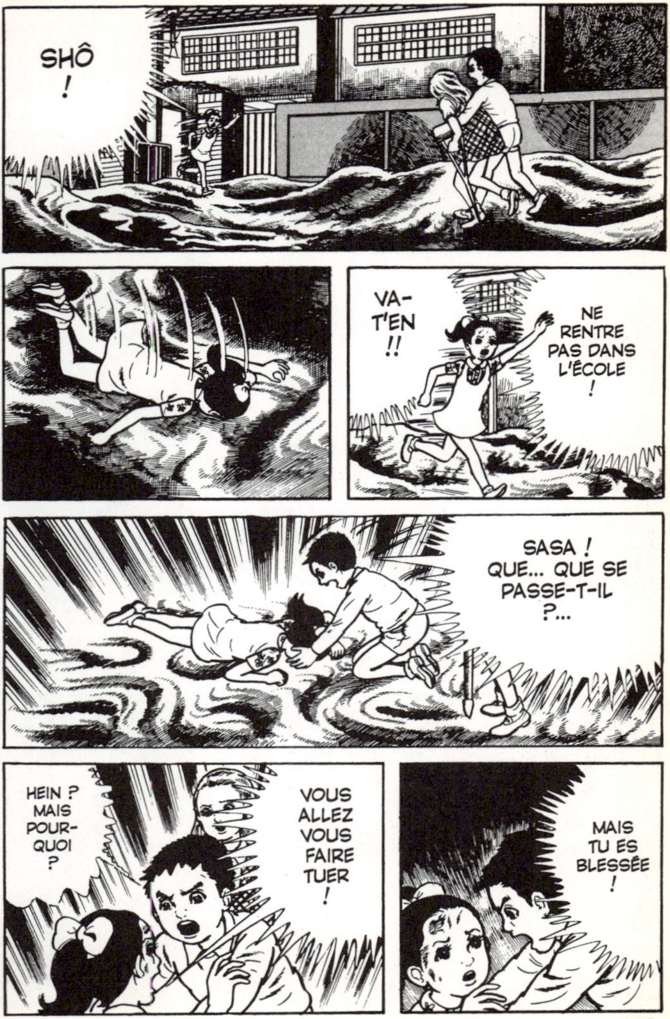
SHÔ !
VA-T'EN !!
NE RENTRE PAS DANS L'ÉCOLE !
SASA ! QUE... QUE SE PASSE-T-IL ?...
HEIN ? MAIS POURQUOI ?
VOUS ALLEZ VOUS FAIRE TUER !
MAIS TU ES BLESSÉE !

SASA ! RÉVEILLE-TOI !
HÉ ! RELÈVE-TOI !
ILS NE COMPRENNENT PAS QUE C'EST INUTILE !
J'AI ESSAYÉ DE LES ARRÊTER, MAIS RIEN À FAIRE !
MAIS QU'EST-CE QUI SE PASSE ICI ?
AYUMI ! PRENDS SOIN D'ELLE !
AH !!
QU'EST-CE QUE ÇA SIGNIFIE ?!

QU'EST-CE QUE ÇA SIGNIFIE ?
CHAPITRE 4
LE SACRIFICE

À L'AIDE !!
JE NE VEUX PAS MOURIR !!

AH !
MAIS QU'EST-CE QUE VOUS FAITES ?!
SHÔ ! PAR ICI, VITE !
PAC
BLAM
DÈS QU'ON S'EN EST MÊLÉS ILS ONT COMMENCÉ À S'EN PRENDRE À NOUS AUSSI !
LES PETITES CLASSES SE SONT RÉUNIES POUR CAPTURER TATSUMI !
QUELQU'UN PEUT ME DIRE CE QUI SE PASSE ?...

ON NE SAIT PAS TROP QUI A LANCÉ ÇA, MAIS DE DRÔLES DE RUMEURS ONT CIRCULÉ DEPUIS TON DÉPART...
QUELLE MOUCHE LES A PIQUÉS ?!
MAIS NOUS, ON NE LES A PAS CRUES, TU PENSES BIEN...
OUI !
DES RUMEURS ?
CERTAINS CROIENT QUE LES ÉVÉNEMENTS QUI NOUS SONT ARRIVÉS...
...SONT LA FAUTE D'UNE PERSONNE DE L'ÉCOLE !
ILS PENSENT QUE PAR SA FAUTE, NOUS SOMMES OBLIGÉS DE VIVRE CE CAUCHEMAR...
HEIN ?

QUOI ? ET CETTE PERSONNE, CE SERAIT...
OUI. ILS DISENT QUE SON NOM COMMENCE FORCÉMENT PAR " TA ".
HEIN ?!
DES GENS DONT LE NOM COMMENCE PAR " TA " ? LE MIEN EST TAKAMATSU, JE SUIS DONC VISÉ AUSSI !
EXAC-TEMENT !
MAIS IL Y A ÉGALEMENT PLEIN D'AUTRES PERSONNES DONT LE NOM COMMENCE AINSI !
ET ILS ONT DONC ATTRAPÉ TATSUMI ?
OUI.
IL A TOUJOURS ÉTÉ CONSIDÉRÉ COMME LA TERREUR DE L'ÉCOLE...
IL PASSAIT SON TEMPS À BRIMER ET EMBÊTER LES PLUS PETITS, ET LEUR COLÈRE A FINI PAR SE DÉCHARGER SUR LUI !
ILS ALLUMENT UN FEU !

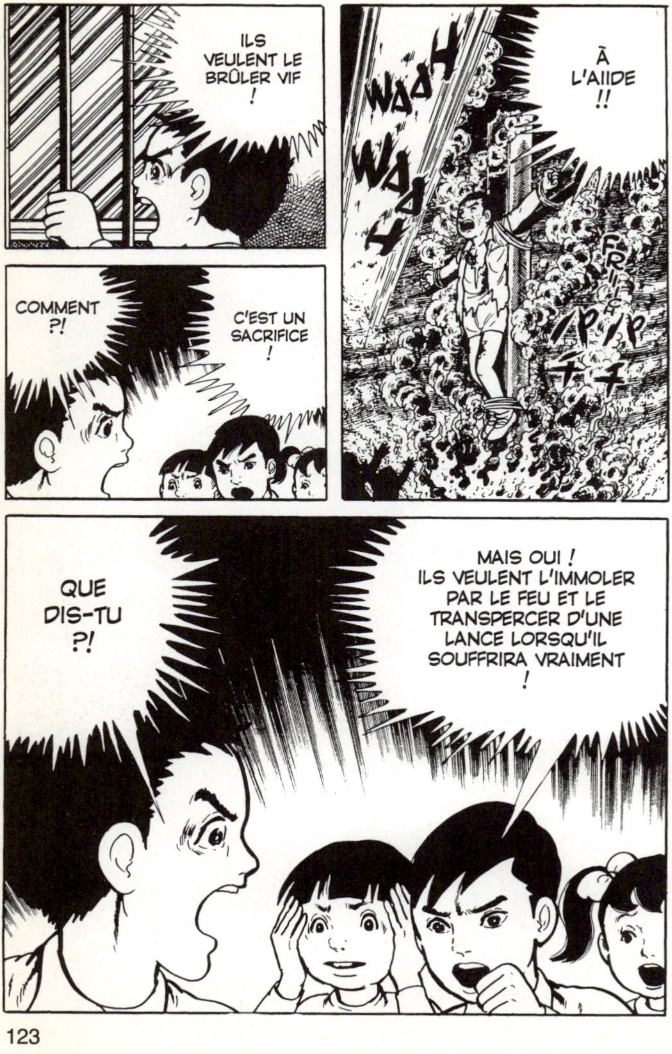

ILS VEULENT LE BRÛLER VIF !
COMMENT ?!
C'EST UN SACRIFICE !
WAAH WAAH
À L'AIIDE !!
FRIIICH
PIP
QUE DIS-TU ?!
MAIS OUI ! ILS VEULENT L'IMMOLER PAR LE FEU ET LE TRANSPERCER D'UNE LANCE LORSQU'IL SOUFFRIRA VRAIMENT !

CROUCH
SCRATCH
WAAH!!
ゴ
BROOOOO

CETTE FOIS-CI ILS VIENNENT AVEC DES ESPÈCES DE LANCES !
OH !
AAAH !
WAAH !
JE SAIS CE QU'ILS ESSAIENT DE FAIRE ! ILS PENSENT QUE SI SON SANG PARVIENT À ÉTEINDRE LE FEU, ÇA SIGNIFIE QU'IL PLEUVRA !
ILS VONT LE TRANSPERCER !

C'EST DE LA FOLIE !
S'IL PLEUT, ÇA VEUT DIRE QU'ON POURRA VIVRE ICI SANS MOURIR DE SOIF !...
...ET QUE TOUT CE QUI A DISPARU AUTOUR DE NOUS RÉAPPARAÎTRA !
ILS DISENT QU'ON PEUT ENCORE RENTRER CHEZ NOUS...
C'EST INSENSÉ !

AGIR DE CETTE FAÇON-LÀ...
...C'EST SE COMPORTER COMME DES PRIMITIFS !
MAIS S'IL NE PLEUT PAS, QU'EST-CE QU'ON VA DEVENIR ?...
VOUS ALLEZ CROIRE TOUTES CES ÂNERIES, VOUS AUSSI ?!
OUAAAH
BROOOO
AAAUGH
WAAAH !

BROOS
BROOOOO
ゴオーッ
KOF !
KOF !
IL FAUT DE L'EAU !
BON SANG, IL EST EN TRAIN DE MOURIR !
BEUHAA ! KOF !
DE L'EAU, VITE !
SANS RÉFLÉCHIR, JE RAMASSAI UN SEAU QUI TRAÎNAIT JUSTE À CÔTÉ DE MOI.

AH
!

IL Y EN A PLEIN !
ON AVAIT COMPLÈTEMENT OUBLIÉ LA PISCINE !
C'EST DE L'EAU !
HÉ HO !!
REGAR-DEZ !!
PLASH

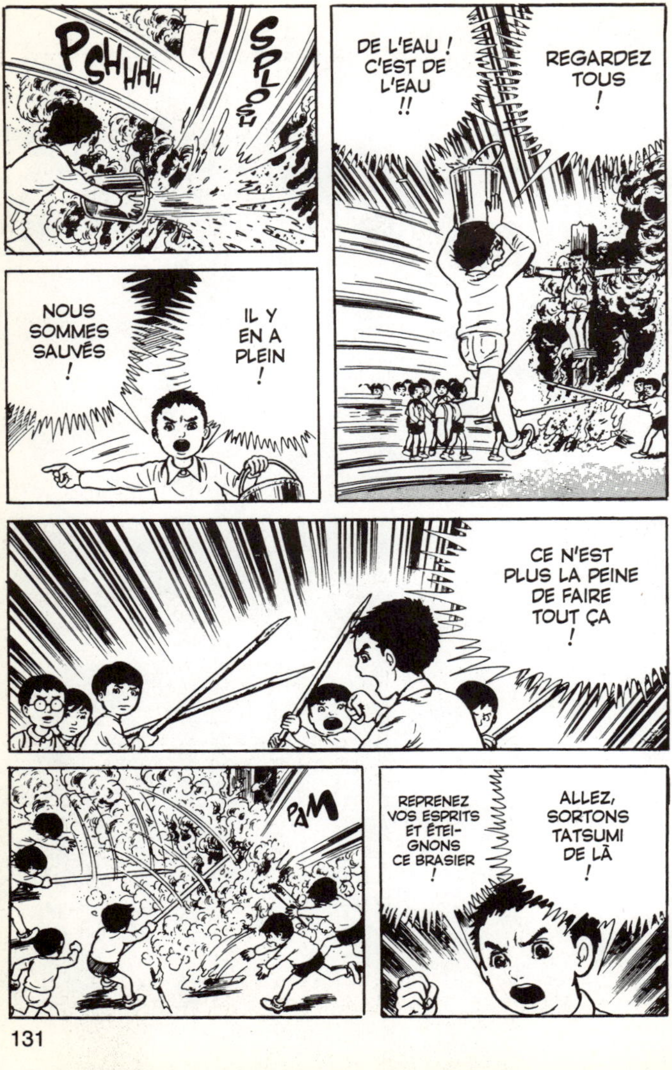
REGARDEZ TOUS !
DE L'EAU ! C'EST DE L'EAU !!
SPLOSH
PSHHHH
IL Y EN A PLEIN !
NOUS SOMMES SAUVÉS !
CE N'EST PLUS LA PEINE DE FAIRE TOUT ÇA !
ALLEZ, SORTONS TATSUMI DE LÀ !
REPRENEZ VOS ESPRITS ET ÉTEIGNONS CE BRASIER !
PAM

OUAAAAH
HEY ! ÉCOUTEZ-MOI TOUS !
NOUS AVONS TROUVÉ DE L'EAU !
YOUPI !!
WAAH !!
OUAAH !
IL Y EN A PLEIN DANS LA PISCINE !
NOUS L'AVIONS COMPLÈTEMENT OUBLIÉE !
HOURRA !!
FOUILLONS À NOUVEAU L'ÉCOLE ET LES ENVIRONS DE FOND EN COMBLE ! ON AURA PEUT-ÊTRE D'AUTRES SURPRISES !

ALLONS VOIR DEHORS SI ON NE TROUVE RIEN DE NOUVEAU !
ON ÉTAIT TELLEMENT FOCALISÉS SUR L'ÉCOLE QU'ON N'A PAS FAIT ATTENTION À CE QU'IL Y AVAIT À CÔTÉ !
ELLE A ÉTÉ TRANSPORTÉE ICI AVEC L'ÉCOLE !
HEY, J'AI TROUVÉ UNE ESPÈCE DE CABANE PRÈS DE L'ENCEINTE !
AH !
KATAM
TAKAMATSU, MOI C'EST HATTA, JE SUIS EN 1ÈRE CM2 !
TU AS TROUVÉ QUELQUE CHOSE ?

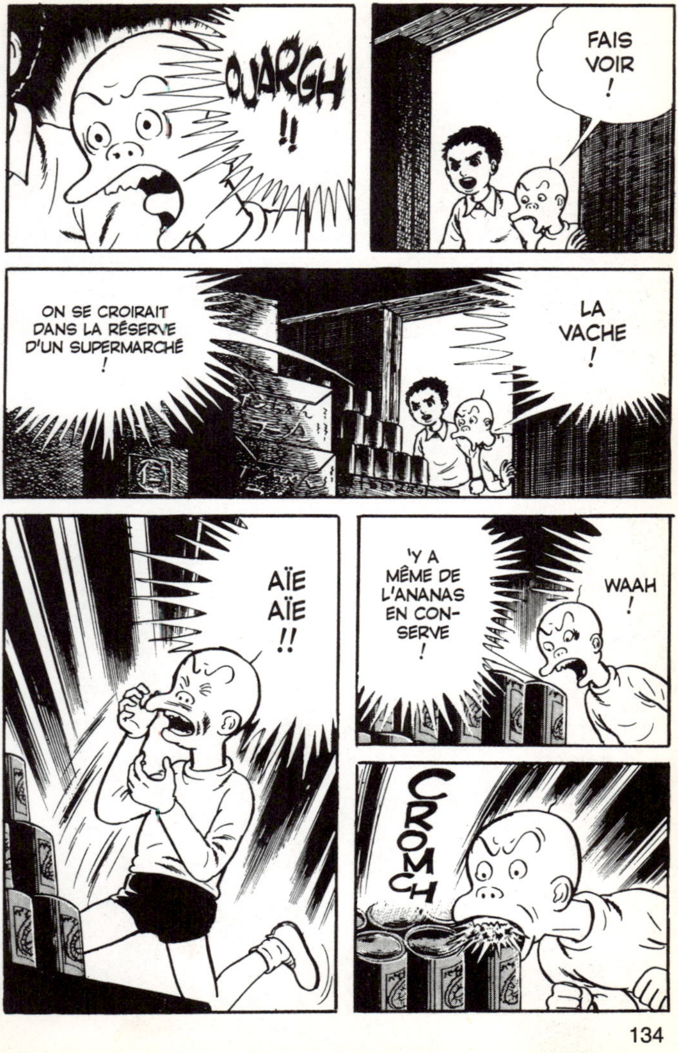
OUARGH !!
FAIS VOIR !
ON SE CROIRAIT DANS LA RÉSERVE D'UN SUPERMARCHÉ !
LA VACHE !
AÏE AÏE !!
'Y A MÊME DE L'ANANAS EN CONSERVE !
WAAH !
CROMCH

IL FAUT VITE QUE J'AILLE PRÉVENIR LES AUTRES !
ZUT, C'EST PAS LE MOMENT DE TOMBER DANS LES POMMES !
UUH !
RRROON-FLLL !
C'EST VRAI ?
ET ICI, ON A TROUVÉ UNE RÉSERVE DE MATÉRIEL ÉLECTRIQUE !
ON A TROUVÉ DE LA NOURRITURE !
HÉ HO !
AH AH AH !
PAF PAF
AH AH AH !
ON EST SAUVÉS !
GÉ-NIAL !
WAAH !
NOTRE CLASSE TINT CONSEIL, PUIS NOUS DÉCIDÂMES DE RASSEMBLER TOUS LES ÉLÈVES DANS LE GYMNASE.
CERTAINS L'AVAIENT VU SE FAIRE RÉPRIMANDER EN ESSAYANT DE REFOUR-GUER SON RIZ À LA CANTINE.
UN BONHEUR NE VENANT JAMAIS SEUL, ON TROUVA AUSSI DU VIEUX RIZ DANS LA VOITURE DE SEKIYA.

ÉCOUTEZ-MOI TOUS.
NOUS AVONS ÉTÉ PROJETÉS DANS LE FUTUR !
ET EN PLUS, TOUTES LES GRANDES PERSONNES SONT MORTES.
JUSQU'À MAINTENANT NOUS COMPTIONS SUR NOS MAÎTRES POUR NOUS AIDER, MAIS DÉSORMAIS NOTRE SURVIE NE REPOSE PLUS QUE SUR NOUS SEULS !

ET QU'EST-CE QU'IL FERA UNE FOIS DEHORS ? HEIN ?
CRÉTIN ! IL NOUS SERT À RIEN, CELUI-LÀ ! C'EST MÊME PAS UN HUMAIN, C'EST JUSTE UN OURS À GARDER EN CAGE !
ET SEKIYA, LE MONSIEUR DE LA CANTINE ?
EH BIEN...
POURQUOI TOUS NOS MAÎTRES SONT MORTS ?
J'AI UNE QUESTION !
...COMMENT VOUS EXPLIQUER... EN GÉNÉRAL, LES ADULTES ESSAIENT DE TROUVER UNE EXPLICATION RATIONNELLE À LEURS PROBLÈMES, PAS VRAI ?
ALORS QUAND IL SE PRODUIT UN ÉVÉNEMENT QUI ÉCHAPPE À LA LOGIQUE, ÇA CHAMBOULE TOUT DANS LEURS TÊTES ET ILS FINISSENT PAR NE PLUS POUVOIR LE SUPPORTER.
ILS DISENT TOUJOURS QUE TELLE OU TELLE CHOSE " NE PEUT PAS SE PRODUIRE ".
ILS ONT DÉJÀ LEUR PROPRE SYSTÈME DE VALEURS BIEN ÉTABLI.
JE PENSE QUE LES MAÎTRES NE POUVAIENT MÊME PAS ENVISAGER L'IDÉE D'AVOIR PU ÊTRE PROJETÉS DANS LE FUTUR.

NOUS PAR CONTRE, NOUS SOMMES CAPABLES DE RÉFLÉCHIR À DES TAS DE POSSIBILITÉS.
JE CROIS QUE C'EST CE QUI NOUS A PERMIS DE RESTER EN VIE JUSQU'ICI.
MAIS POUVOIR PENSER LIBREMENT NE DOIT PAS NOUS AMENER...
...À CROIRE DES SUPERSTITIONS, COMME CE QUI S'EST PASSÉ AVEC TATSUMI.
C'EST POURQUOI NOUS DEVRONS RESTER TRÈS VIGILANTS !
JE PENSE QUE NOUS AVONS GAGNÉ UN PEU DE RÉPIT APRÈS AVOIR TROUVÉ DE LA NOURRITURE ET DE L'EAU.
MAIS CES DENRÉES NE SONT PAS IMPÉRISSABLES ! IL VA FALLOIR FAIRE QUELQUE CHOSE AVANT QU'ON AIT ÉPUISÉ TOUS LES STOCKS !

NOUS AVONS DÉJÀ TOUS FAIT DES BÊTISES EN ÉCRASANT DES FLEURS OU EN ABÎMANT DES ARBRES.
NE PAS TOUCHER AUX PLANTES
POUR CETTE RAISON, NOUS DEVRONS PRENDRE SOIN DE TOUT CE QUI NOUS ENTOURE !
MAIS ON NE PEUT PLUS SE PERMETTRE DE RAISONNER COMME ÇA MAINTENANT !
SI ON CASSAIT QUELQUE CHOSE, UNE VITRE PAR EXEMPLE, ON SE MOQUAIT BIEN DE SAVOIR QUI REMBOURSERAIT LES DÉGÂTS.
SI ON NE CHANGE PAS NOTRE FAÇON DE PENSER, ON NE POURRA PLUS RÉCUPÉRER CE QU'ON AURA PERDU ! ON EST OBLIGÉS DE VIVRE AVEC LE PEU DE CHOSES QUI NOUS ENTOURENT !
APRÈS TOUT, CETTE PLANÈTE EST MORTE, PAS VRAI ?
PAR EXEMPLE, AURONS-NOUS SUFFISAMMENT D'AIR ?

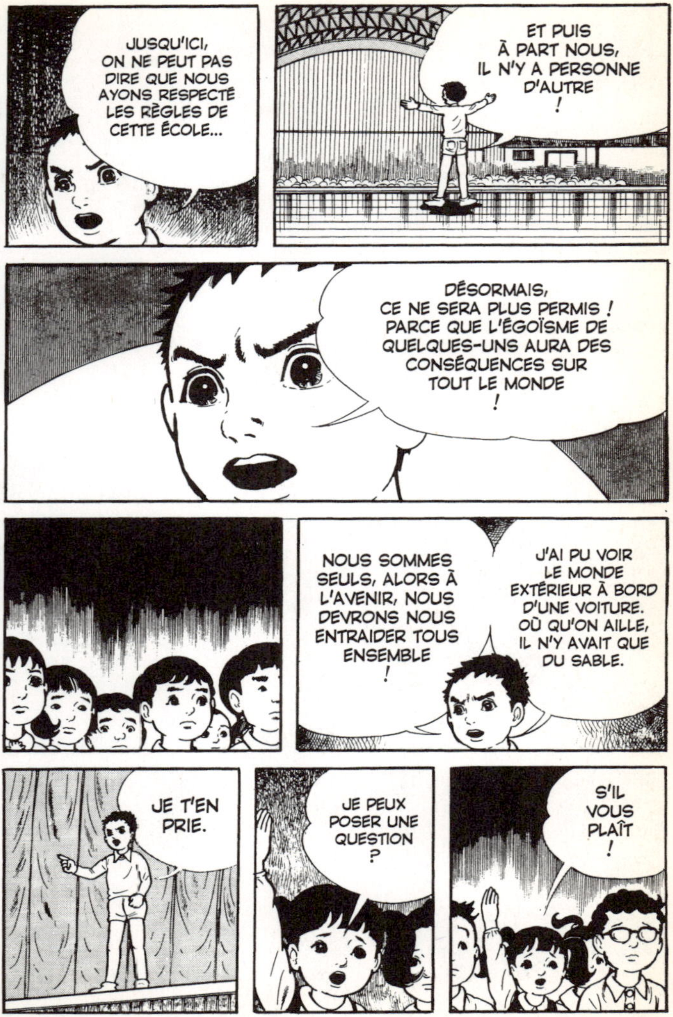
JUSQU'ICI, ON NE PEUT PAS DIRE QUE NOUS AYONS RESPECTÉ LES RÈGLES DE CETTE ÉCOLE...
ET PUIS À PART NOUS, IL N'Y A PERSONNE D'AUTRE !
DÉSORMAIS, CE NE SERA PLUS PERMIS ! PARCE QUE L'ÉGOÏSME DE QUELQUES-UNS AURA DES CONSÉQUENCES SUR TOUT LE MONDE !
J'AI PU VOIR LE MONDE EXTÉRIEUR À BORD D'UNE VOITURE. OÙ QU'ON AILLE, IL N'Y AVAIT QUE DU SABLE.
NOUS SOMMES SEULS, ALORS À L'AVENIR, NOUS DEVRONS NOUS ENTRAIDER TOUS ENSEMBLE !
S'IL VOUS PLAÎT !
JE PEUX POSER UNE QUESTION ?
JE T'EN PRIE.

TES PARENTS SONT VIVANTS !
NON !
MON PAPA ET MA MAMAN, ILS SONT MORTS ?
JE VEUX SAVOIR !
ILS SONT OÙ, ALORS ?
J'IMAGINE QUE JE NE VOULAIS SIMPLEMENT PAS ENVISAGER TA MORT, NI CELLE DE PAPA.
MAMAN, C'EST ÉTRANGE... J'AI AFFIRMÉ CECI INSTINCTIVEMENT, SANS LA MOINDRE HÉSITATION.
EUH...
AH !
TAKAMATSU !
TOUS LES REGARDS CONVERGEAIENT VERS MOI.
JE N'AVAIS AUCUNE IDÉE DE CE QU'IL FALLAIT RÉPONDRE.

OUI !
UN ÉLÈVE DE CM1 ?
IL Y A UN ÉLÈVE DE CM1 QUI VOUDRAIT TE PARLER, IL S'APPELLE GAMÔ.
HEIN ?
VOILÀ, C'EST CE GARÇON.
TOUT LE MONDE DIT QUE C'EST UN GÉNIE !
SON Q.I. DÉPASSERAIT LES 230 !
ÇA ALORS !
RAVI DE FAIRE VOTRE CONNAIS-SANCE.
SNURF
JE M'APPELLE GAMÔ.
TAKAMATSU, J'AIMERAIS QUE TU ME LAISSES RÉPONDRE À TA QUESTION.
HEIN ?

JE MONTE SUR L'ESTRADE.
OUI, J'AIMERAIS ESSAYER D'APPORTER MES LUMIÈRES.
TOI... ?
Ā L'AIDE !
ZUZUZUZU
AH !!
ET HOP !
ACCRO-CHE-TOI !
REGARDEZ MON FRONT... C'EST LA CONSÉQUENCE DE LA RÉSISTANCE AU FROTTEMENT.
MERCI. JE PENSE QU'ON PEUT DIRE QUE NOUS AVONS ÉTÉ VICTIMES D'UNE PROJECTION MÉCANIQUE. DANS NOTRE CAS, CETTE PROJECTION FUT SI SOUDAINE QUE, DE NOTRE POINT DE VUE, LA TRANSITION FUT INSENSIBLE.

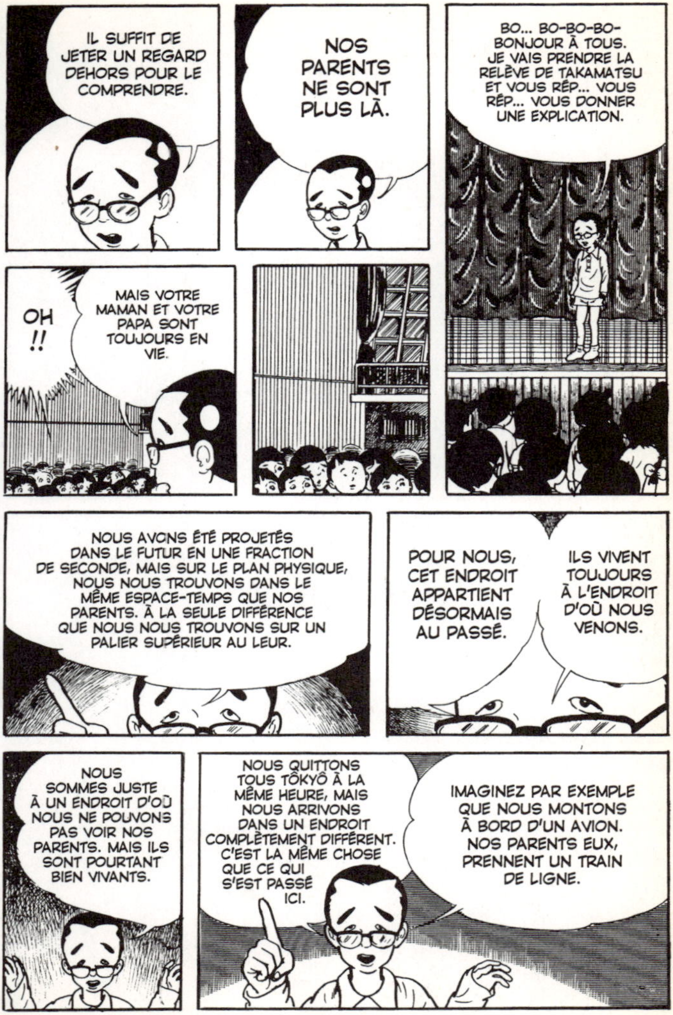
BO... BO-BO-BO-BONJOUR À TOUS. JE VAIS PRENDRE LA RELÈVE DE TAKAMATSU ET VOUS RÉP... VOUS RÉP... VOUS DONNER UNE EXPLICATION.
NOS PARENTS NE SONT PLUS LÀ.
IL SUFFIT DE JETER UN REGARD DEHORS POUR LE COMPRENDRE.
MAIS VOTRE MAMAN ET VOTRE PAPA SONT TOUJOURS EN VIE.
OH !!
ILS VIVENT TOUJOURS À L'ENDROIT D'OÙ NOUS VENONS.
POUR NOUS, CET ENDROIT APPARTIENT DÉSORMAIS AU PASSÉ.
NOUS AVONS ÉTÉ PROJETÉS DANS LE FUTUR EN UNE FRACTION DE SECONDE, MAIS SUR LE PLAN PHYSIQUE, NOUS NOUS TROUVONS DANS LE MÊME ESPACE-TEMPS QUE NOS PARENTS. À LA SEULE DIFFÉRENCE QUE NOUS NOUS TROUVONS SUR UN PALIER SUPÉRIEUR AU LEUR.
IMAGINEZ PAR EXEMPLE QUE NOUS MONTONS À BORD D'UN AVION. NOS PARENTS EUX, PRENNENT UN TRAIN DE LIGNE.
NOUS QUITTONS TOUS TÔKYÔ À LA MÊME HEURE, MAIS NOUS ARRIVONS DANS UN ENDROIT COMPLÈTEMENT DIFFÉRENT. C'EST LA MÊME CHOSE QUE CE QUI S'EST PASSÉ ICI.
NOUS SOMMES JUSTE À UN ENDROIT D'OÙ NOUS NE POUVONS PAS VOIR NOS PARENTS. MAIS ILS SONT POURTANT BIEN VIVANTS.

ALORS COMME NOUS L'A DIT TAKAMATSU, PENSONS À NOUS ENTRAIDER ! VOILÀ, J'AI TERMINÉ.
ÉCOUTEZ !
JE M'ADRESSE AUX ÉLÈVES DE CM2 !
NOUS ALLONS DEVENIR LES PARENTS DES AUTRES ÉLÈVES !
APRÈS TOUT, NOUS SOMMES LES PLUS ÂGÉS D'ENTRE TOUS !
LES GARÇONS DEVIENDRONT LES PAPAS...
...ET LES FILLES LES MAMANS DES AUTRES ÉLÈVES !
JE SUIS D'ACCORD !
JE VEUX BIEN FAIRE LA MAMAN !
MERCI, SASA !
MOI AUSSI JE SUIS POUR !
ET MOI !

LES ENFANTS DES PETITES CLASSES, ÉCOUTEZ-MOI !
CLAP
MERCI À TOUS !
CLAP
CLAP
CLAP
CLAP
VOUS AVEZ COMPRIS ?
NOUS, LES GRANDS DE CM2, NOUS ALLONS DEVENIR VOS NOUVEAUX PAPAS ET MAMANS.
N'HÉSITEZ PAS À FAIRE COMME SI NOUS ÉTIONS VOS PARENTS CHAQUE FOIS QU'ILS VOUS MANQUENT OU QUE VOUS VOUS SENTEZ TRISTES !
SANS RAISON APPARENTE, NOUS NOUS MÎMES TOUS À FONDRE EN SANGLOTS.
OUINN !
GOUUH ...
OUUH...
CETTE NUIT-LÀ, TOUT LE MONDE DORMIT DANS LE GYMNASE. QUAND VINT MINUIT, IL ARRIVA QUELQUE CHOSE...
ET POUR EMPÊCHER LA MOINDRE ÉVAPORATION, ON RECOUVRIT LA PISCINE D'UNE TOILE EN PLASTIQUE.
BIENTÔT, NOUS ÉLÛMES DES RESPONSABLES ET L'ON COMMENÇA À TRANSVASER L'EAU DE LA PISCINE DANS DES CITERNES.

KCHAC
CHAPITRE 5
C'EST UNE FEUILLE !
QU... QUEL EST CE BRUIT ?
ALLONS VOIR !
OUI !...
G...
AH !

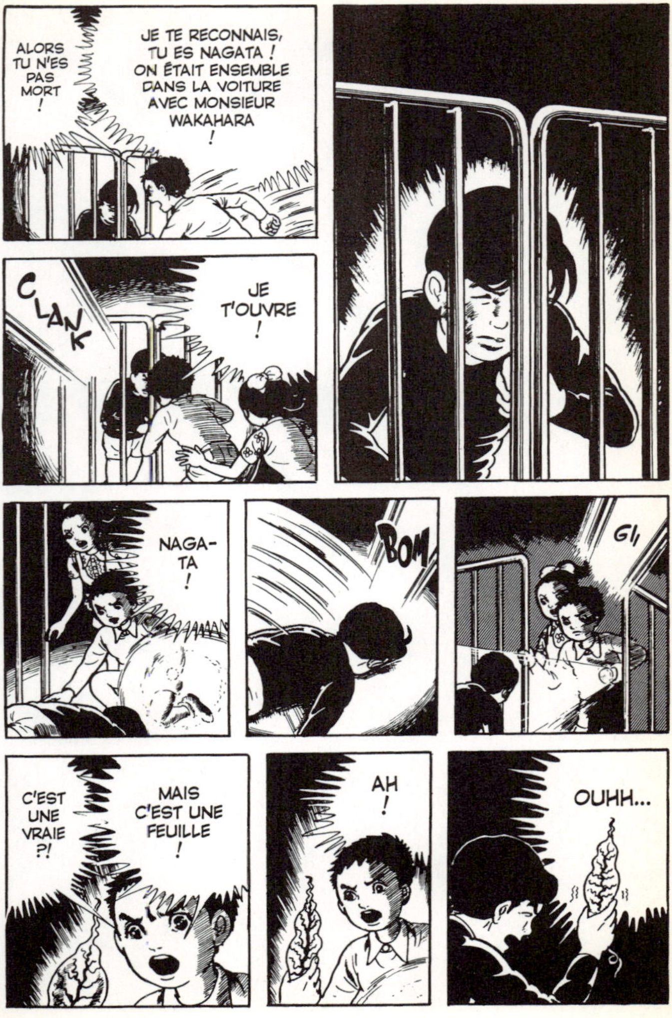
ALORS TU N'ES PAS MORT !
JE TE RECONNAIS, TU ES NAGATA ! ON ÉTAIT ENSEMBLE DANS LA VOITURE AVEC MONSIEUR WAKAHARA !
CLANK
JE T'OUVRE !
NAGA-TA !
BOM
GI,
C'EST UNE VRAIE ?!
MAIS C'EST UNE FEUILLE !
AH !
OUHH...

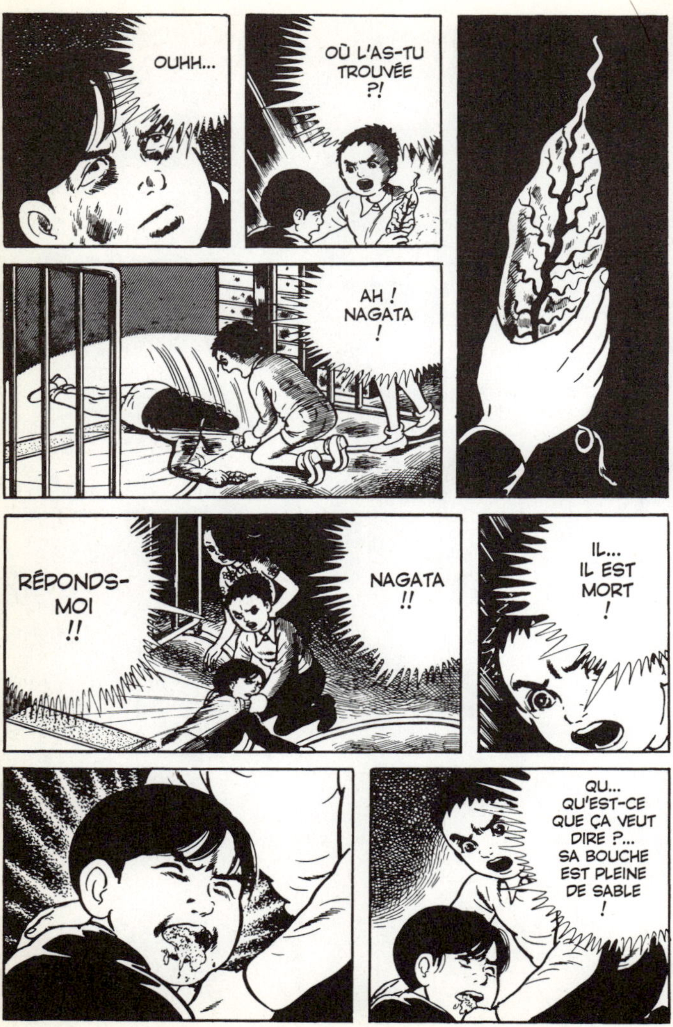
OUHH...
OÙ L'AS-TU TROUVÉE ?!
AH ! NAGATA !
RÉPONDS-MOI !!
NAGATA !!
IL... IL EST MORT !
QU... QU'EST-CE QUE ÇA VEUT DIRE ?... SA BOUCHE EST PLEINE DE SABLE !

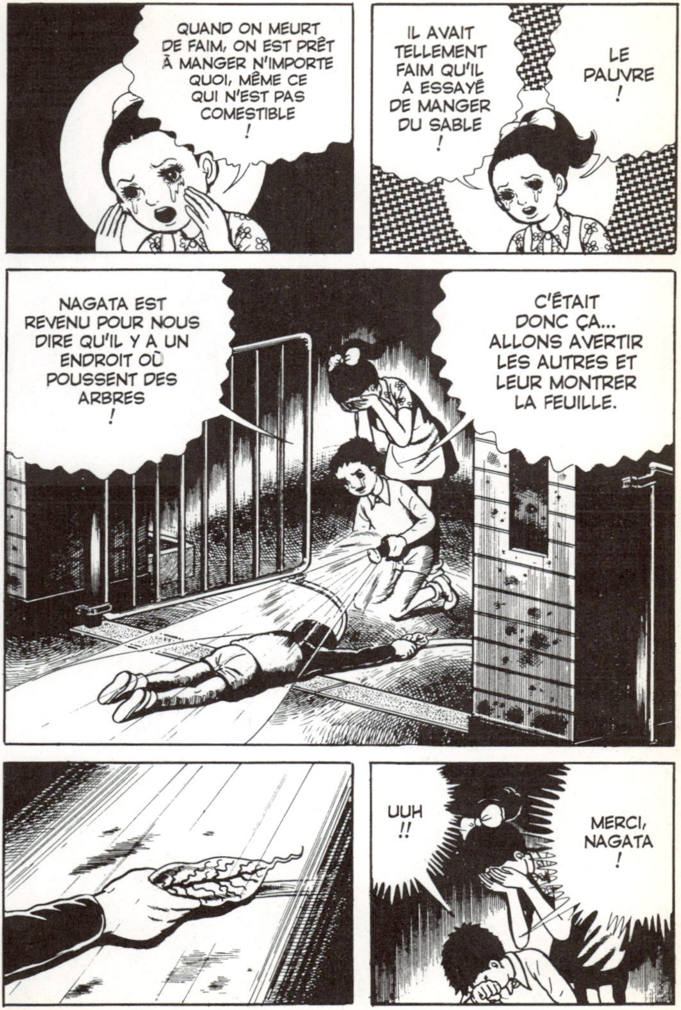
QUAND ON MEURT DE FAIM, ON EST PRÊT À MANGER N'IMPORTE QUOI, MÊME CE QUI N'EST PAS COMESTIBLE !
IL AVAIT TELLEMENT FAIM QU'IL A ESSAYÉ DE MANGER DU SABLE !
LE PAUVRE !
NAGATA EST REVENU POUR NOUS DIRE QU'IL Y A UN ENDROIT OÙ POUSSENT DES ARBRES !
C'ÉTAIT DONC ÇA... ALLONS AVERTIR LES AUTRES ET LEUR MONTRER LA FEUILLE.
UUH !!
MERCI, NAGATA !

NOUS ÉTIONS TRISTES POUR NAGATA, MAIS AVOIR TROUVÉ CETTE SIMPLE FEUILLE NOUS A DONNÉ UN COURAGE ET UN ESPOIR INCOMMENSURABLES.
LE LENDEMAIN, LORSQUE LES ÉLÈVES APPRIRENT LA NOUVELLE, TOUTE L'ÉCOLE RÉSONNA DE LEUR TUMULTE, ET NOUS SORTÎMES DEHORS APRÈS AVOIR CONSTITUÉ UN GROUPE D'EXPLORATION.
CELA N'AVAIT RIEN D'ÉTONNANT EN SOI : C'ÉTAIT LA PREUVE QUE TOUTE VÉGÉTATION N'AVAIT PAS DISPARU, QUE CE MONDE AVAIT ENCORE UN SOUFFLE DE VIE, ET QUE BIEN DES CHOSES ÉTAIENT ENCORE POSSIBLES !
YAHOU !!
VOUS SAVEZ PAS LA NOUVELLE ? POUR FÊTER ÇA, ON VA AVOIR DROIT À DES NOUILLES INSTANTANÉES !
C'EST VRAI ?
DES NOUILLES INSTAN-TANÉES ?
YOUPI !!

IL Y A QUELQU'UN ?!
S'IL VOUS PLAÎT ! LAISSEZ-MOI SORTIR D'ICI !
JE VEUX RENTRER CHEZ MOI !
HO ! PETIT !
COMME C'EST GENTIL ! TU ES VENU M'APPORTER DE QUOI MANGER !
TANT DE BONTÉ, POUR LE MISÉRABLE QUE JE SUIS...
SI TU SAVAIS COMME JE REGRETTE TELLEMENT TOUT CE QUE J'AI FAIT ! BOUHOU...
TENEZ !
MERCI INFINIMENT ! MERCI DE TOUT MON CŒUR !
OH, COMME CE REPAS A L'AIR DÉLICIEUX !

JE N'AI JAMAIS CONNU UN GARÇON AUSSI BON ET GÉNÉREUX QUE TOI !
MÊME SI JE MEURS TOUT SEUL DANS CETTE PETITE CELLULE, JAMAIS DE MA VIE JE N'OUBLIERAI TA GENTILLESSE !
ATTENDS, JE T'EN PRIE !
HÉ, PETIT !
TU VOIS LE FIL EN MÉTAL QUI EST À TES PIEDS ? TU VEUX BIEN LE RAMASSER S'IL TE PLAÎT ?
J'AI UNE FAVEUR À TE DEMANDER !
J'AI UNE FAUSSE DENT QUI EST EN TRAIN DE TOMBER !
OUI ! OUI, C'EST CELUI-LÀ !

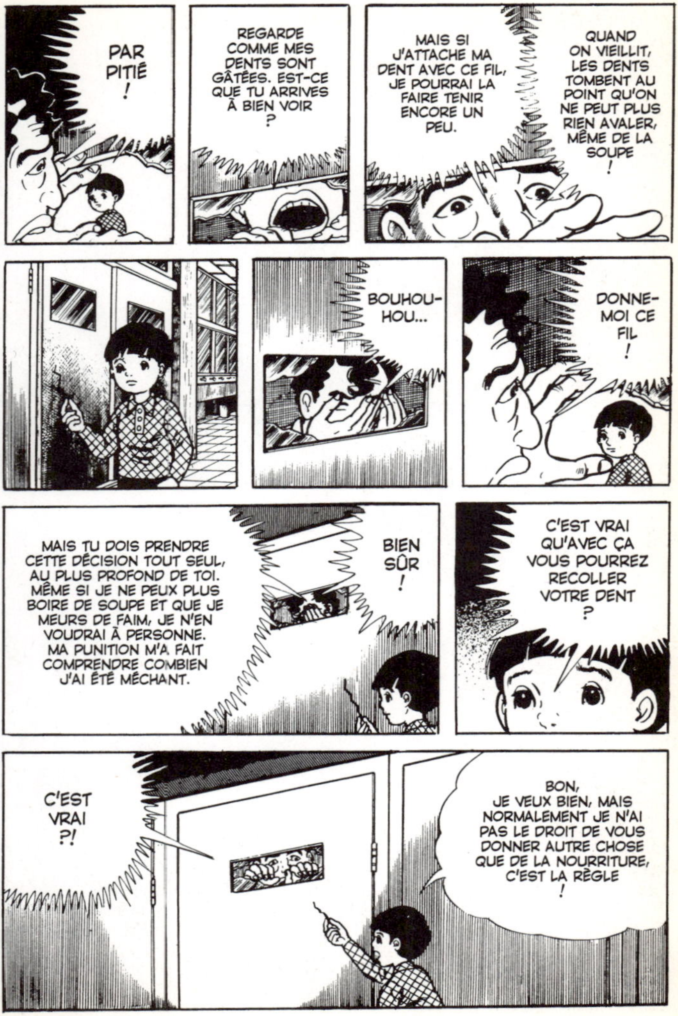
QUAND ON VIEILLIT, LES DENTS TOMBENT AU POINT QU'ON NE PEUT PLUS RIEN AVALER, MÊME DE LA SOUPE !
MAIS SI J'ATTACHE MA DENT AVEC CE FIL, JE POURRAI LA FAIRE TENIR ENCORE UN PEU.
REGARDE COMME MES DENTS SONT GÂTÉES. EST-CE QUE TU ARRIVES À BIEN VOIR ?
PAR PITIÉ !
DONNE-MOI CE FIL !
BOUHOU-HOU...
C'EST VRAI QU'AVEC ÇA VOUS POURREZ RECOLLER VOTRE DENT ?
BIEN SÛR !
MAIS TU DOIS PRENDRE CETTE DÉCISION TOUT SEUL, AU PLUS PROFOND DE TOI. MÊME SI JE NE PEUX PLUS BOIRE DE SOUPE ET QUE JE MEURS DE FAIM, JE N'EN VOUDRAI À PERSONNE. MA PUNITION M'A FAIT COMPRENDRE COMBIEN J'AI ÉTÉ MÉCHANT.
BON, JE VEUX BIEN, MAIS NORMALEMENT JE N'AI PAS LE DROIT DE VOUS DONNER AUTRE CHOSE QUE DE LA NOURRITURE, C'EST LA RÈGLE !
C'EST VRAI ?!

MERCI ! MERCI !
MERCI INFINIMENT !
MERCI ! MERCI BEAUCOUP !
TU ES VRAIMENT LE PETIT GARÇON LE PLUS GENTIL QUI SOIT !
JE TIENS ABSOLUMENT À TE REMERCIER. EST-CE QUE TU VEUX BIEN ATTENDRE UN TOUT PETIT PEU ?
BON, J'Y VAIS MOI !

CLAC
AH, J'AI PRESQUE FINI !
AH !!
GRI
BATAM

IMBÉCILE !
AVEC LES DENTS QUE J'AI, JE POURRAIS MÂCHER DES PIERRES !
REGARDE ! IL M'A SUFFI DE CE FIL EN MÉTAL POUR RÉUSSIR À OUVRIR LA PORTE !
GOÛTE-LA DONC, TA SOUPE DÉGUEULASSE !
SPLORCH

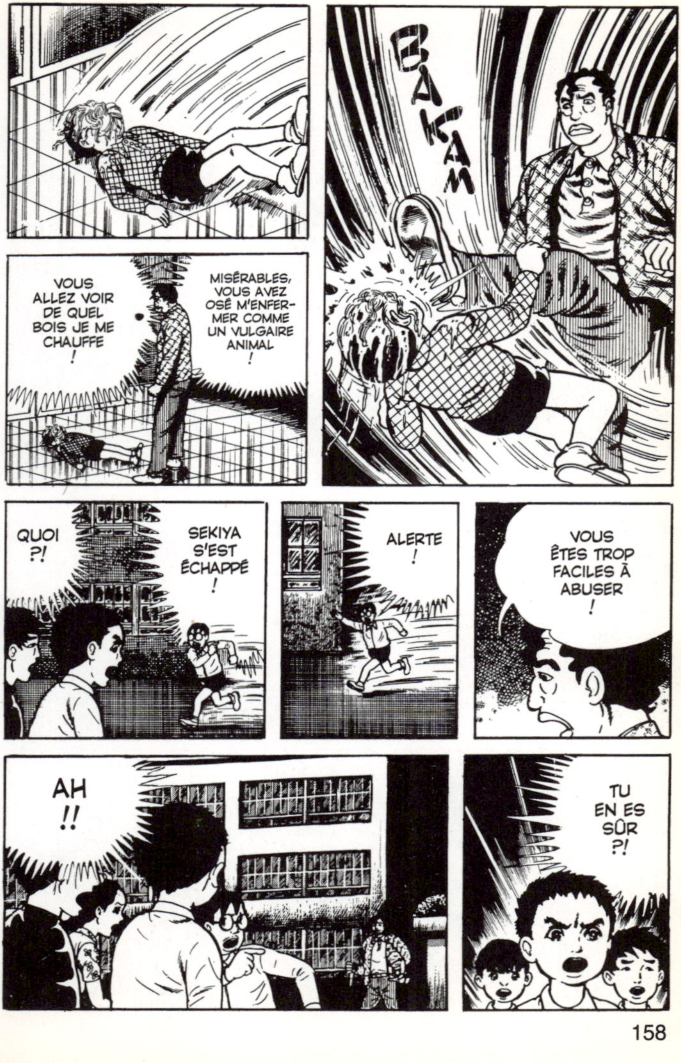
BAKAM
MISÉRABLES, VOUS AVEZ OSÉ M'ENFERMER COMME UN VULGAIRE ANIMAL !
VOUS ALLEZ VOIR DE QUEL BOIS JE ME CHAUFFE !
VOUS ÊTES TROP FACILES À ABUSER !
ALERTE !
SEKIYA S'EST ÉCHAPPÉ !
QUOI ?!
TU EN ES SÛR ?!
AH !!

ÉCOUTEZ-MOI BIEN, LES MÔMES ! IL N'Y A PLUS D'ADULTES DANS CETTE ÉCOLE À PART MOI !
VOUS FEREZ TOUT CE QUE JE VOUS DIRAI DE FAIRE !
SI VOUS REFUSEZ, JE NE SAIS PAS CE QUI RISQUE D'ARRIVER AU PETIT...
C'EST CLAIR POUR TOUT LE MONDE ?!
OUIIN !!
YUU !
JE VOUS EN PRIE, CET ENFANT N'A RIEN À VOIR AVEC NOUS, IL S'EST RETROUVÉ LÀ PAR ACCIDENT !
S'IL VOUS FAUT UN OTAGE, JE SUIS PRÊTE À LE REMPLACER !
LA FERME !!
PAK
AÏE !!
PEUH ! C'EST PLUTÔT MOI QUI ME SUIS RETROUVÉ LÀ PAR ACCIDENT !
J'AI LE DROIT DE ME REMPLIR LE VENTRE JUSQU'À RAS BORD ET D'EXPLOITER LA VERMINE QUE VOUS ÊTES !
ALLEZ, CONDUISEZ-MOI LÀ OÙ VOUS AVEZ TROUVÉ DE LA VÉGÉTATION ! J'AI TOUT ENTENDU ! JE SAIS QU'IL Y A UN ENDROIT OÙ POUSSENT PLEIN DE FRUITS !

SILENCE ! EMMENEZ-MOI LÀ-BAS TOUT DE SUITE !
MAIS... ON NE SAIT MÊME PAS S'IL Y A DES FRUITS !...
AÏE !
BOM
OÙ EST CETTE FORÊT ? T'AS PAS INTÉRÊT À TE TROMPER DE CHEMIN !
SHÔ, FAIS CE QU'IL TE DIT !
MONTREZ-MOI LA FEUILLE QUE VOUS AVEZ TROUVÉE !
LA VOICI.
QU'EST-CE QUE C'EST QUE ÇA ?
JE N'AI JAMAIS RIEN VU DE PAREIL !

OUI. CETTE FEUILLE NE FIGURE PAS DANS L'ENCYCLOPÉDIE BOTANIQUE.
PROBABLEMENT PARCE QUE C'EST UNE VARIÉTÉ DU FUTUR.
UNE VARIÉTÉ DU FUTUR ? QU'EST-CE QUE C'EST QUE CES FARIBOLES ?
NOUS NOUS TROUVONS DANS LE FUTUR !
LE FUTUR ?!
C'EST QUOI, CES NIAISERIES ?! L'ARMÉE AMÉRICAINE VIENDRA NOUS SECOURIR DANS MOINS D'UN MOIS, ABRUTI !
EN ATTENDANT, JE DOIS ME NOURRIR LE MIEUX POSSIBLE EN MANGEANT DES TAS DE CHOSES !
C'EST INUTILE. IL N'ESSAYE MÊME PAS D'ENVISAGER QUE ÇA PUISSE ÊTRE VRAI...
OH ! CE SONT LES PAS DE NAGATA !
REGARDEZ ! NOUS Y SOMMES !
C'EST UNE FORÊT !!
OUAAH !!
ドドド
DODOM

ON NE DIRAIT VRAIMENT PAS !
C'EST DES VÉGÉTAUX, ÇA ?...
N'ESSAYEZ PAS DE ME TROMPER, LES MORVEUX !
NOUS NE CHERCHONS PAS À VOUS TROMPER ! REGARDEZ BIEN ! IL S'AGIT DES MÊMES FEUILLES QUE CELLE QUE NOUS AVONS !
TAIS-TOI !
PAF
AH !!
VOUS M'EMMENEZ DANS CET ENDROIT SINISTRE POUR ME FAIRE PERDRE MON TEMPS ?!

LA FERME ! TU VEUX TA RACLÉE AUSSI ?
OUUIIIIN !!
AT... ATTENDEZ !
ASSEZ !!
OUUIIIIN !!
MAIS... EST-CE QU'ILS SONT COMES-TIBLES ?
AH !!
IL Y A DES FRUITS, LÀ-BAS !

DU VENT !
ÉVIDEMMENT QU'ILS LE SONT !
TOI, MANGE !
POCH
BOUFFE, JE TE DIS !!
DOM
AH !!

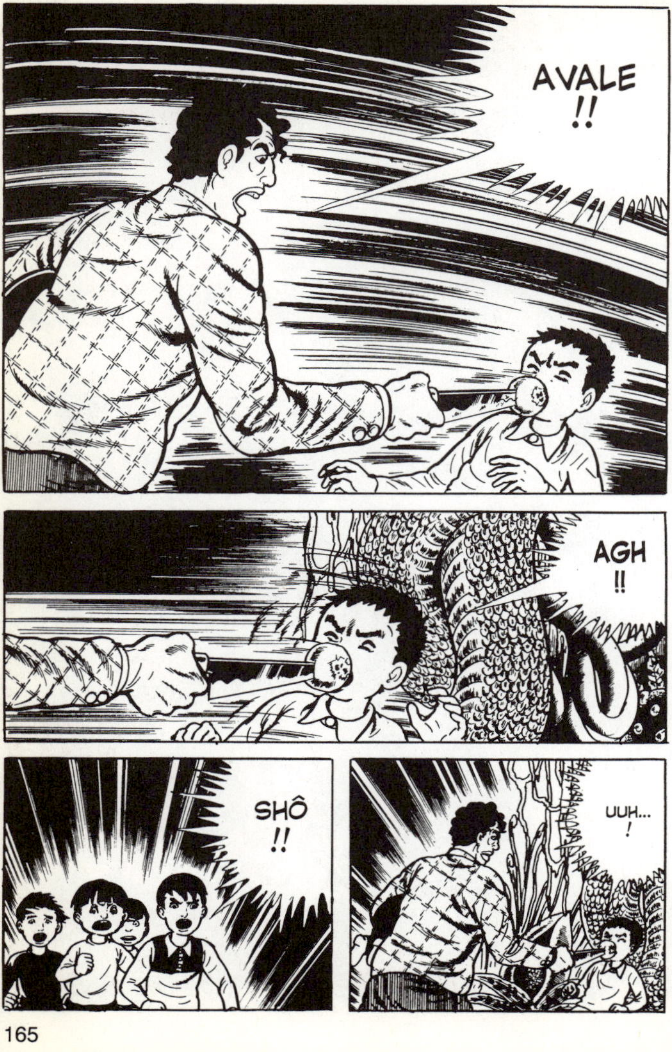
AVALE !!
AGH !!
SHÔ !!
UUH... !

ARRÊTEZ !
ET SI C'ÉTAIT DU POISON ?...
QU'EST-CE QUE VOUS FAITES ?!
ARGH !
POK
SILENCE ! J'AI DIT QUE C'ÉTAIT COMESTIBLE !
ALORS POURQUOI VOUS N'EN MANGEZ PAS, VOUS ?
AÏÏÏE !!...
TAIS-TOI, IKEGAKI !

JE VEUX TE FAIRE GOÛTER ÇA EN PREMIER !
ALLEZ, OUVRE LA BOUCHE !
BOUFFE !!
POUAH
CROC
SHÔ !
CROQUE PLUS FORT QUE ÇA !

ESPÈCE DE...
BEUH-HAAARK !!
PEUH
PEUH
NON !!
TU AS RECRACHÉ EXPRÈS !
VOYEZ !
CE N'EST PAS VRAI !
AU MOMENT OÙ J'AI CROQUÉ DEDANS, ÇA S'EST TRANSFORMÉ EN SABLE !

PEUH
PEUH
TU ESSAIES ENCORE DE M'AVOIR !
HEIN ?!
QUOI ?!
CROC
C'EST LA VÉRITÉ ! ESSAYEZ SI VOUS NE ME CROYEZ PAS !
BEURK
BEURK
POUARGH
CE FRUIT EST DÉLI...
JE LE SAVAIS, TU TE PAYES MA TÊTE !
DU SABLE !
GOUAAH !!

HEY ! J'ENTENDS COMME UN BRUIT BIZARRE !
AH ! REGARDEZ ! LES... LES FEUILLES...
...QUELQU'UN VIENT DE LES MANGER !

ÇA NE TIENT PAS DEBOUT !
C'EST IMPOSSIBLE !
HEIN ?!
REGARDEZ PARTOUT ! ON DIRAIT QU'ELLES VIENNENT D'ÊTRE MANGÉES !
LES FEUILLES NE PEUVENT PAS ÊTRE MANGÉES, PUISQU'IL Y A UNE SORTE DE RÉACTION CHIMIQUE QUAND ON LES CROQUE ET QU'ELLES SE CHANGENT INSTANTANÉMENT EN SABLE !
AH !!
HEY ! J'AI TROUVÉ UNE COQUILLE D'ŒUF ICI !
IL Y A DES ÊTRES VIVANTS !!

QUEL GENRE DE CRÉATURE CELA PEUT-IL ÊTRE ?
MAIS ...!
HEIN ?!
ALLEZ VÉRIFIER PAR VOUS-MÊMES !
PEUH ! VOUS REFUSEZ ? TRÈS BIEN.
OUIIN !!
BOM
ALLEZ, LE MOUCHERON ! VA VOIR !

YUU ! ATTENDS !
AH !
MAMAN !! PAPA !!
JE RENTRE CHEZ MOI !
JE VEUX RENTRER À LA MAISON !
OUIIIN !!
COMMENT OSEZ-VOUS ?! ET VOUS VOUS CONSIDÉREZ COMME UN ÊTRE HUMAIN ?!
LES ADULTES SONT DES HUMAINS ET LES MORVEUX SONT DES ANIMAUX ! VOILÀ POURQUOI LES ADULTES ONT LE DROIT DE VIE ET DE MORT SUR LES GOSSES !
LES CHIARDS DANS VOTRE GENRE NE VALENT PAS MIEUX QUE DES BÊTES !
HA HA ! TU AS DU RÉPONDANT, SALE GOSSE !

ORDURE !
JE VAIS VOUS CUISINER JUSQU'AU DERNIER !
OH, VOUS VOULEZ VOUS BATTRE ? ALLEZ-Y, JE VAIS VOUS MONTRER CE QUE C'EST QUE LA FORCE D'UN ADULTE !
J'AURAIS DÛ T'ÉTOUFFER JUSQU'AU BOUT QUAND J'EN AVAIS L'OCCASION !
ON DIRAIT QUE TU EN VEUX, TOI !
MERDE !

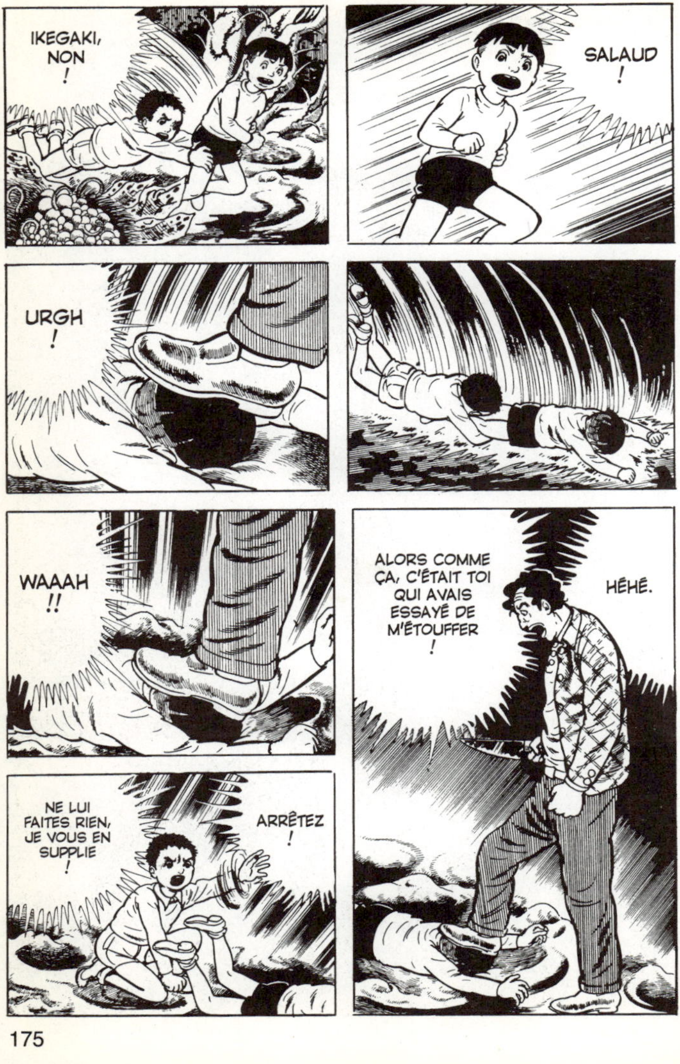
SALAUD !
IKEGAKI, NON !
URGH !
ALORS COMME ÇA, C'ÉTAIT TOI QUI AVAIS ESSAYÉ DE M'ÉTOUFFER !
HÉHÉ.
WAAAH !!
ARRÊTEZ !
NE LUI FAITES RIEN, JE VOUS EN SUPPLIE !

PUISQUE TU COMPRENDS SI VITE, DÉPÊCHE-TOI D'ALLER VOIR LÀ-BAS !
POK
PAR PITIÉ ! RETIREZ VOTRE PIED, IL VA MOURIR ASPHYXIÉ !
FWOOSH

OUIIN !
SHÔ !
AH !!
CRIIIK
CRIIIK

CRIIKK
CRIIIK

OUAAAAH !
OUAAH !!
QUOI ?! QUEL EST LE PROBLÈME ?...
YAAARGH
AH !
OUAH !!

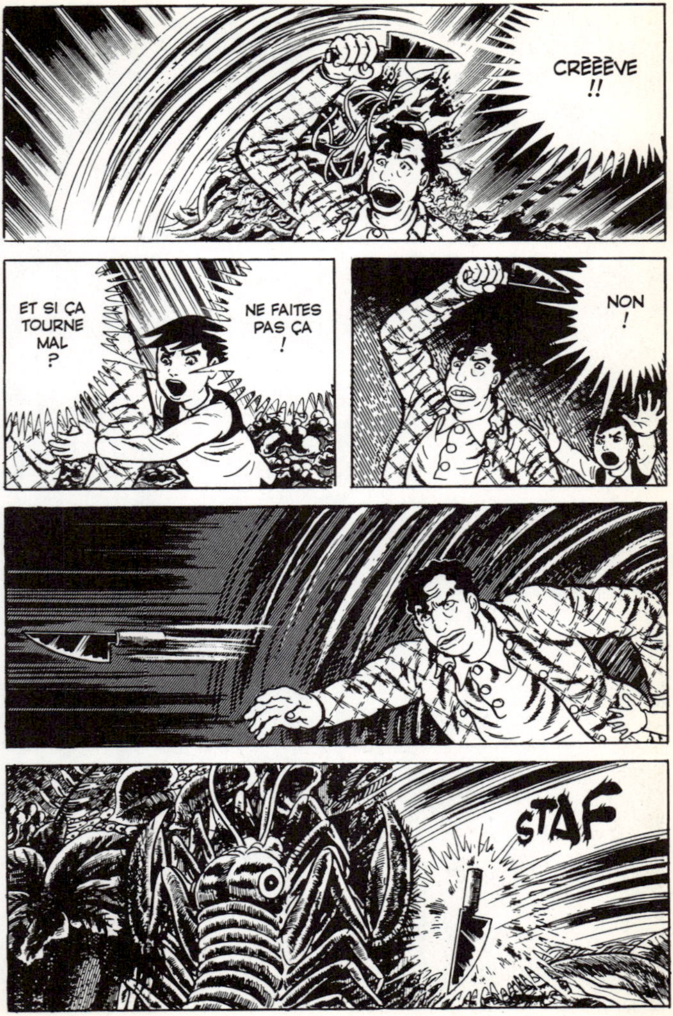
CRÈÈÈVE !!
NE FAITES PAS ÇA !
ET SI ÇA TOURNE MAL ?
NON !
STAF

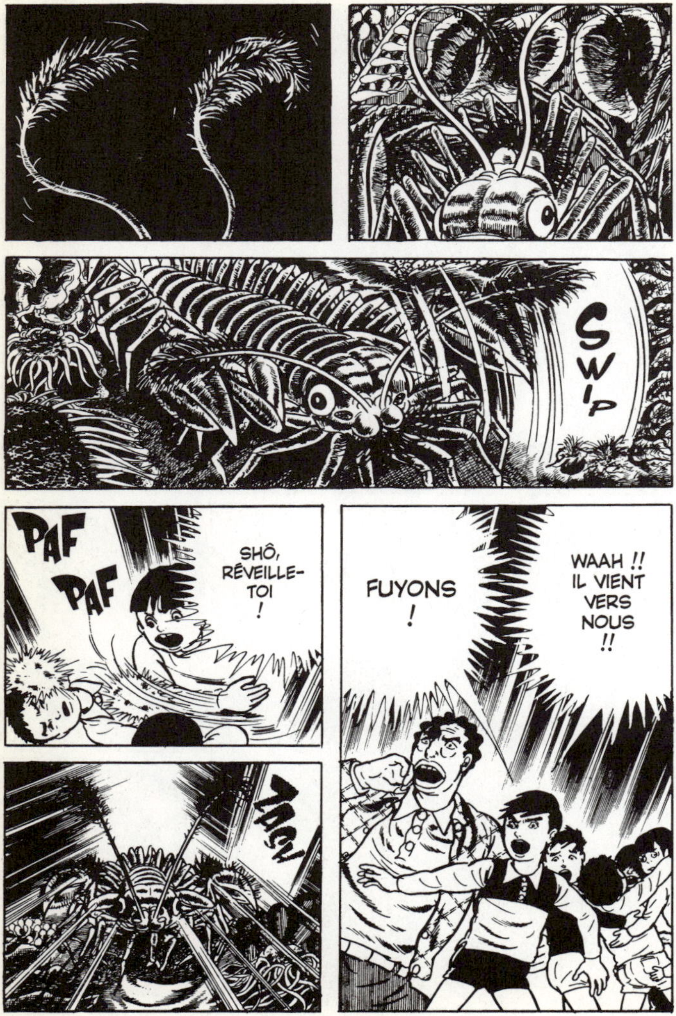
SWIP
PAF
PAF
SHÔ, RÉVEILLE-TOI !
WAAH !! IL VIENT VERS NOUS !!
FUYONS !

WAAAAAA
WAAH!
IL ARRIVE !!
TOC
QUE FAITES-VOUS ?!
AH !!

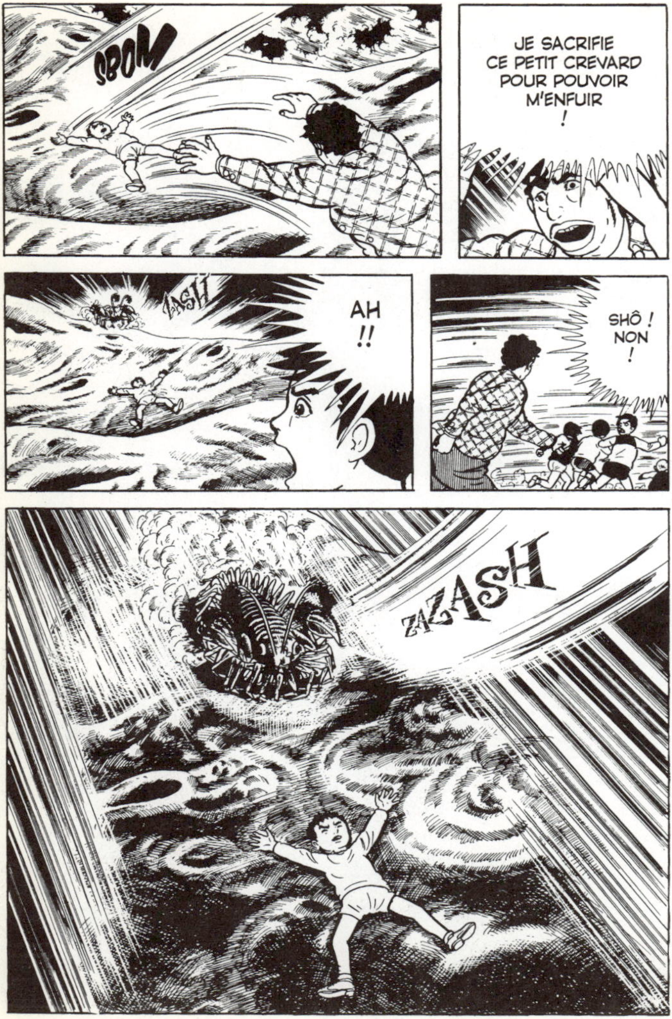
JE SACRIFIE CE PETIT CREVARD POUR POUVOIR M'ENFUIR !
SBOM
SHÔ ! NON !
ZASH
AH !!
ZAZASH

SHÔ !!
WAAH !!
SHÔ S'EST FAIT BOUFFER !!
NE RESTEZ PAS PLANTÉS LÀ ! C'EST LE MOMENT DE FILER ! VOUS TENEZ À LA VIE, OUI OU NON ?
LES GARS !
ÉCOUTEZ-MOI !
SHÔ !!
OUIIN !!
SI L'UN D'ENTRE NOUS SE SACRIFIE POUR PERMETTRE AUX AUTRES DE RENTRER SAINS ET SAUFS À L'ÉCOLE, QU'ARRIVERA-T-IL ENSUITE ?
LA FOURMI GÉANTE DÉCOUVRIRA L'ÉCOLE ET ELLE EXTERMINERA TOUT LE MONDE !

NOUS DEVONS NOUS BATTRE !
IM...
IMBÉCILE !
COMMENT VEUX-TU AFFRONTER UN TRUC PAREIL ?
JE N'EN SAIS RIEN ! ESSAYONS DE TRANCHER SES ANTENNES !
CE SERA SANS MOI ! ALLEZ-Y, VOUS !
ET MOI, PENDANT CE TEMPS, JE PRENDRAI LA FUITE !
JE N'AI RIEN À VOIR AVEC VOUS AUTRES ! J'AI LE DROIT DE VIVRE !
C'EST TROP FACILE ! TOUT CELA EST ARRIVÉ PAR VOTRE FAUTE ! C'EST VOUS QUI DEVRIEZ VOUS BATTRE !
VOUS DITES QUE VOUS ÊTES UN ADULTE ! VOUS N'ÉPROUVEZ PAS DE HONTE ?!

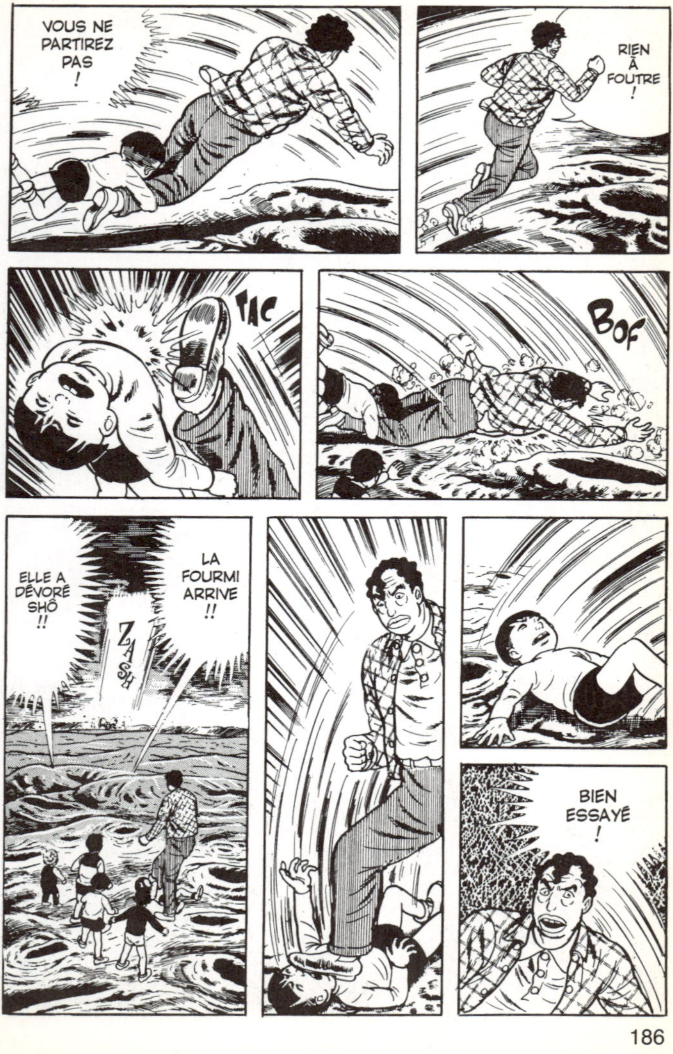
VOUS NE PARTIREZ PAS !
RIEN À FOUTRE !
TAC
BOF
LA FOURMI ARRIVE !!
ELLE A DÉVORÉ SHÔ !!
ZASH
BIEN ESSAYÉ !

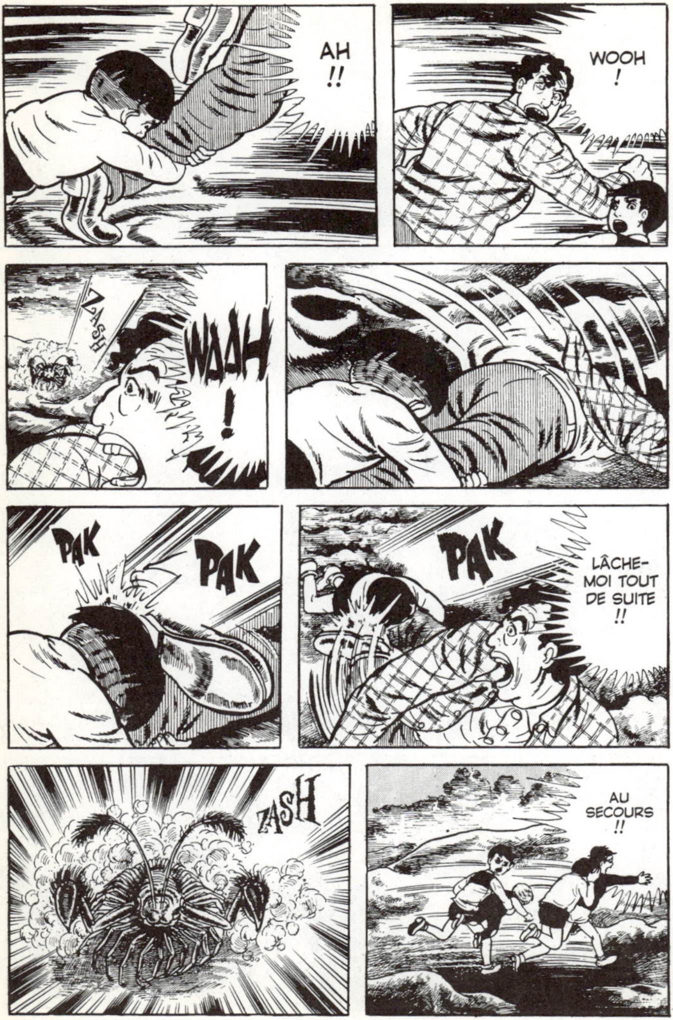
AH !!
WOOH !
ZASH
WAAH !
PAK
PAK
PAK
LÂCHE-MOI TOUT DE SUITE !!
ZASH
AU SECOURS !!

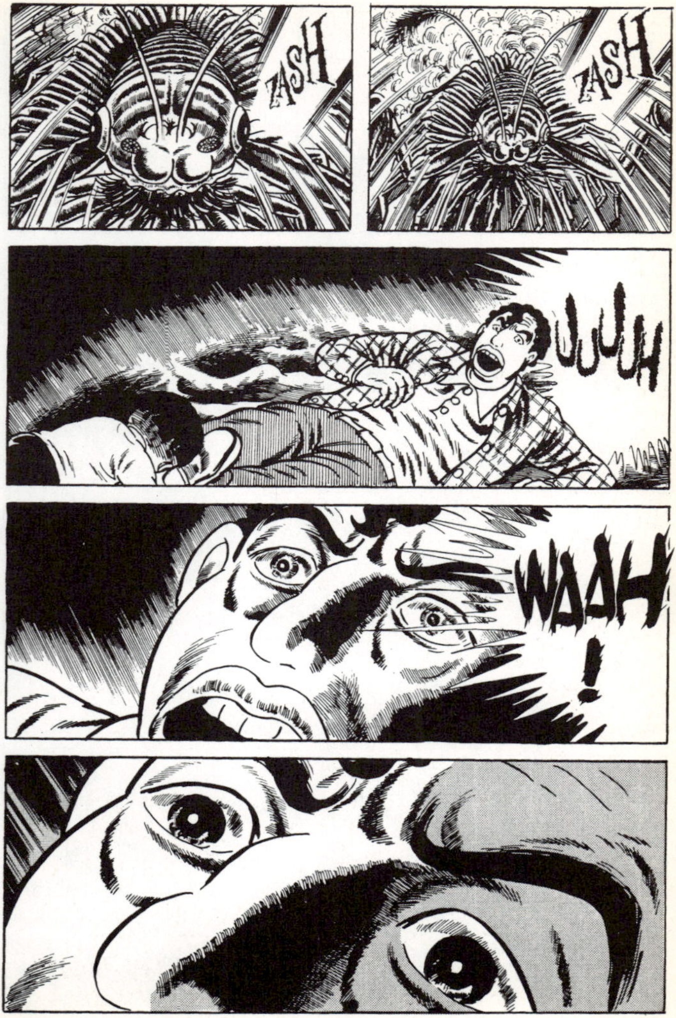
ZASH
ZASH
UUUUH
WAAH!

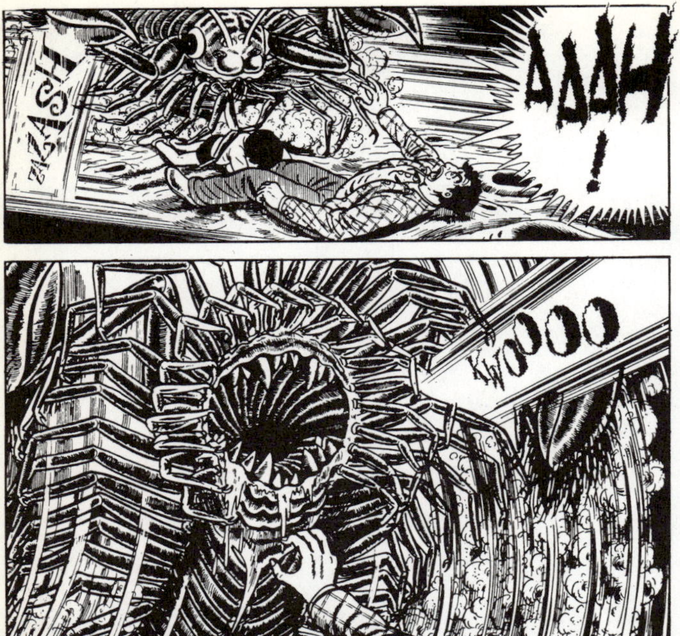
ZAZASH
AAAH !
KWOOOOO

HA ! HA !
ZASH
BATTONS-NOUS ! NOUS NE FUIRONS PAS COMME DES LÂCHES !
OH NON !
ZASH
ELLE EST LÀ !
ZE VEUX ME BATTRE !
NAN !
TU TE SOUVIENS DU CHEMIN JUSQU'À L'ÉCOLE ?
YUU ! TOI TU PEUX TE SAUVER !

MAIS...
TU NE COMPRENDS PAS QUE NOUS ESSAYONS AU MOINS DE SAUVER TA VIE ?!
IMBÉCILE !
D'ACCO' !
VA !
TU DOIS PRÉVENIR LES AUTRES DE CE QUI S'EST PASSÉ !
DE TOUTES FAÇONS, NOUS NE POUVONS PLUS FUIR...
À NOUS DE JOUER MAINTENANT ...
NE SOYEZ PAS STUPIDES !
MOI AUSSI !
J'AI PEUR !

QU'EST-CE QUI TE PREND ?
AH !
BOM
PAF
BAM
PAF
POK
ZASH
ZAZASH
ZASH
ZASH

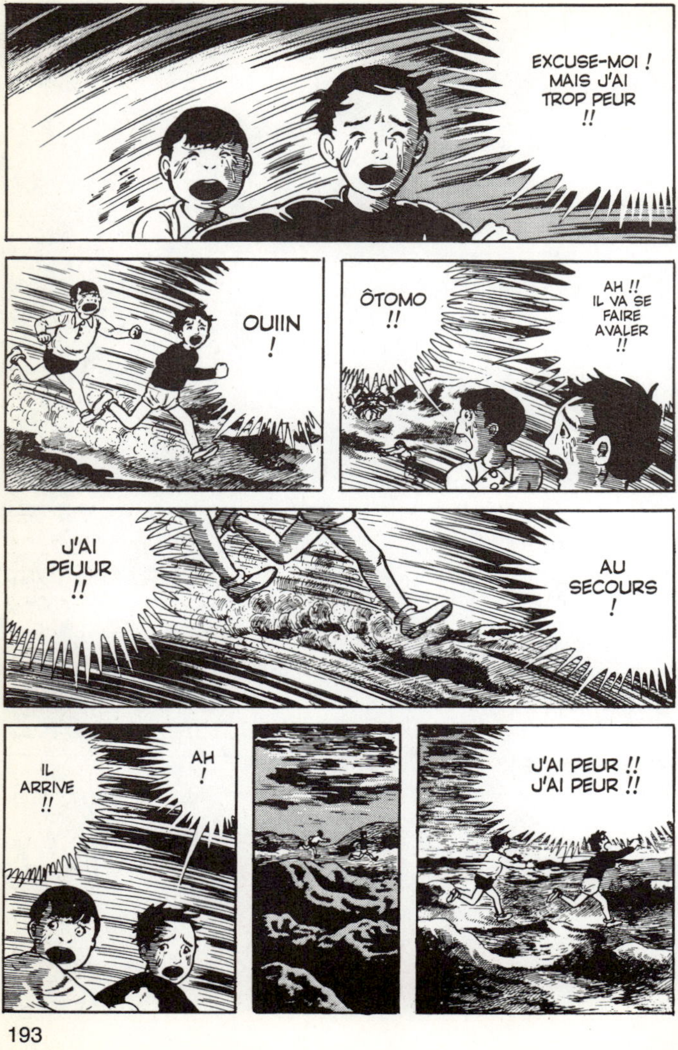

EXCUSE-MOI ! MAIS J'AI TROP PEUR !!
OUIIN !
ÔTOMO !!
AH !! IL VA SE FAIRE AVALER !!
J'AI PEUUR !!
AU SECOURS !
AH !
IL ARRIVE !!
J'AI PEUR !! J'AI PEUR !!

ZASH
À L'AIIIDE !!
WAH !
NOOON !!
JE VAIS ME BATTRE !!
ZASH
OUIIIN ! OUIIIN !

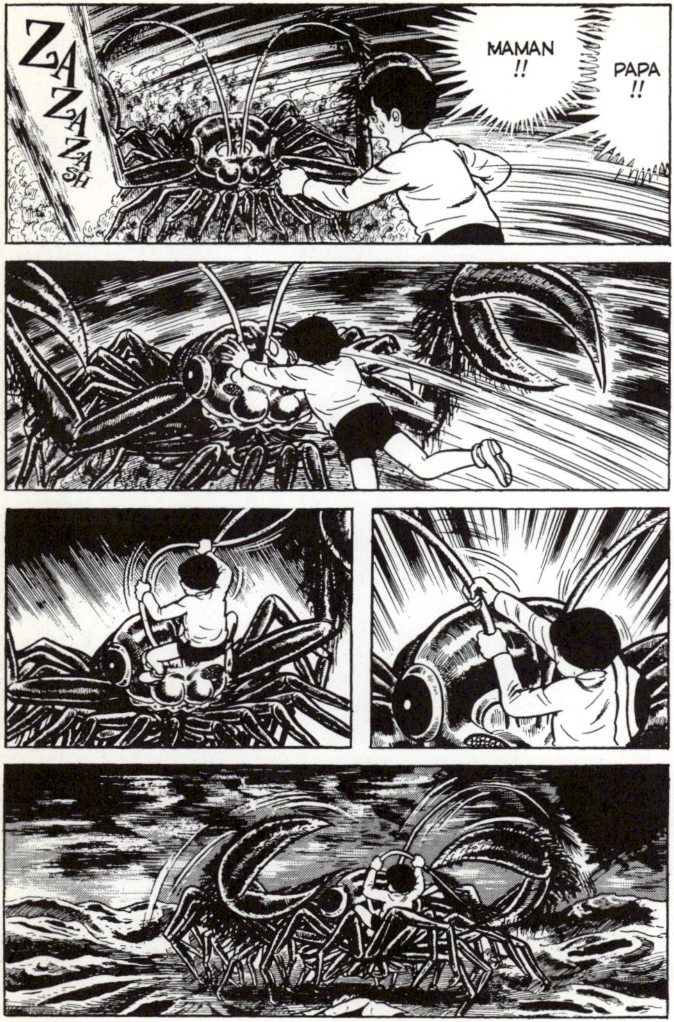
ZAZAZASH
MAMAN !!
PAPA !!

BOM
CRUNCH
PAK
CROC
CROC

HAA ! HAA !
HA !
HA !
YUU !
YUU !
UUH !!

WAAH !!
C'EST L'ÉCOLE !
C'EST UN DES GARÇONS QUI ÉTAIENT PARTIS AVEC SHÔ !
WAAH !!
AH !
OUIIN !!
ILS... SE SONT TOUS FAIT MANGER PAR LA FOURMI GÉANTE !
YUU !
OUIIN !
QUOI ?
ET TASHIRO AUSSI, ILS SONT TOUS MORTS !
TAKAMATSU, ET PUIS IKEGAKI, ET ÔTOMO, ET SEKIYA...

WAH !
JE ME SUIS BATTU JUSQU'AU BOUT, MAIS ÇA N'A PAS SUFFI !
J'AI JUSTE RÉUSSI À SAUVER YUU ET À M'ENFUIR TRÈS VITE !
AKABANÉ !!
WAAH !
VOUS AVEZ TROUVÉ L'ENDROIT OÙ POUSSENT LES ARBRES ?
OUI, LES ARBRES À FRUITS !
AKA-BANÉ !
OUIIN ! OUIIN !
YUU !
LA FOU'MI GÉANTE EST ARRIVÉE, ELLE FAISAIT BEAUCOUP PLUS PEU' QUE LES MONSTRES DE LA TÉLÉ ! ET ELLE A MANGÉ GRAND FRÈRE SHÔ.
JE SUIS REVENU POU' VOUS PRÉVENIR QUE LA FOU'MI VA VENIR ATTAQUER L'ÉCOLE !
OUIIN !!

criiik
OUIIN !!
VITE ! RÉFUGIEZ-VOUS TOUS À L'INTÉRIEUR ET FERMONS LES PORTES !
RASSEMBLEZ-VOUS DANS LA SALLE EN BÉTON DU DEUXIÈME ÉTAGE !
RENTREZ DANS LE BÂTIMENT !!
ÉCOUTEZ TOUS !!
OUAAH !
WAAH !
WAH !!
WAAH !
POURQUOI ?
HEIN ?!
LE GROUPE PARTI EN EXPÉDITION NE REVIENDRA PAS !
ÉCOUTEZ-MOI BIEN !

SHÔ N'ÉTAIT PEUT-ÊTRE PAS UN DÉLÉGUÉ DE CLASSE, MAIS DEPUIS CE QUI NOUS EST ARRIVÉ, IL ÉTAIT DEVENU NATURELLEMENT NOTRE CHEF À TOUS !
IL NE REVIENDRA PAS ?
TAKAMATSU !
NOUS COMPTIONS SUR TAKAMATSU POUR ÊTRE NOTRE CHEF, MAIS IL NE REVIENDRA PAS NON PLUS !
TU N'ES PAS AU COURANT ? EN FAIT...
HEIN ? POURQUOI ÇA ?
TU FERAIS MIEUX DE NE PAS TROP PARLER DE TAKAMATSU !
3ème classe de cm2
SASA !
NOUS ALLONS LUI EXPLIQUER NOUS-MÊMES !
ÇA FAIT MAL !!
GYAAH !
SCRAP

CHAPITRE 6

LA MATRONE PREND LE POUVOIR

TU N'AS JAMAIS ENTENDU PARLER DE MOI ? TU ES DONC AUSSI APATHIQUE QUE LES AUTRES FILLES !
LA MATRONE ?!
SASA ! DANS L'ENTOURAGE DES FILLES, ON L'APPELLE " LA MATRONE " !
NON... RIEN DU TOUT !
ALORS COMME ÇA, TU NE SAIS RIEN DE MOI ?

OUH !
AÏE !
PAK
TU FERAIS MIEUX DE TE TAIRE !
QU'EST-CE QUI TE PREND ?!
JE VEUX QUE L'ON M'APPELLE " LA PRINCESSE ". VOUS AVEZ COMPRIS ?
PEUH ! CETTE PÉTASSE EST UNE VRAIE PIPELETTE ! SACHEZ QUE J'AI HORREUR DES GENS QUI M'APPELLENT COMME ÇA !
À PARTIR DE MAINTENANT, C'EST MOI QUI DIRIGERAI CETTE ÉCOLE !
SI C'EST CLAIR POUR TOUT LE MONDE, APPELEZ-MOI DÉSORMAIS "LA PRINCESSE DE L'ÉCOLE YAMATO" !

PARDON ?!
MAIS T'ES QU'UNE FILLE !
HATSUKO, SORS-MOI CELUI QUI VIENT DE DIRE ÇA.
OKAY.
QU'EST-CE QUE TU ME VEUX ?
VIENS LÀ.
AHH !!
LÂCHE-MOI !
ALORS, MORVEUX, TU VEUX T'ENFUIR ?

LE VOILÀ !
AÏE ! AÏE !
VIENS, JE TE DIS !
REGARDE-MOI, JE TE DIS !
REGARDE-MOI DANS LES YEUX.
C'EST BIEN TOI QUI VIENS DE DIRE À L'INSTANT QUE JE N'ÉTAIS " QU'UNE FILLE " ?
J'AIMERAIS SAVOIR CE QUE TU SOUS-ENTENDS PAR LÀ !
ET QUEL MAL Y A-T-IL À CELA ?
TU AS RÉFLÉCHI AU FAIT QUE LES FILLES ÉTAIENT LES MEILLEURES ÉLÈVES DANS LES DISCIPLINES SPORTIVES ET INTELLECTUELLES ?
BEN... VOUS...
...VOUS PRENEZ TOUJOURS VOS GRANDS AIRS...

S'IL Y A QUELQU'UN QUI N'EST PAS D'ACCORD, QU'IL S'AVANCE !
IL EST DONC NATUREL QUE CE SOIT LES FILLES QUI DIRIGENT ! LA PREUVE, C'EST QUE TOUT VA DE TRAVERS DEPUIS QUE VOUS SUIVEZ SHÔ TAKAMATSU !
TOMEKO, HATSUKO, AMENEZ-LE-MOI !
TOI LÀ-BAS ! TU M'AS L'AIR BIEN MÉCONTENT !
OH, TU AS UNE MINE DE REBELLE, TOI. TRÈS BIEN, ALORS JE NE RETIENDRAI PAS MES COUPS !
SUIS-NOUS !
ALLEZ !
SPOF
TIENS !
CROUIC
CRAC
CRAC

YAAH !!
PAF
JE VAIS MONTRER À TOUT LE MONDE QUE LES FILLES DE L'ÉCOLE SONT PLUS FORTES QUE LES GARÇONS !
AAH !
ARRÊTE !
PRENDS ÇA !!
TAC
AUGH !
YAAH !
AH !
PRINCESSE !
BADOOM

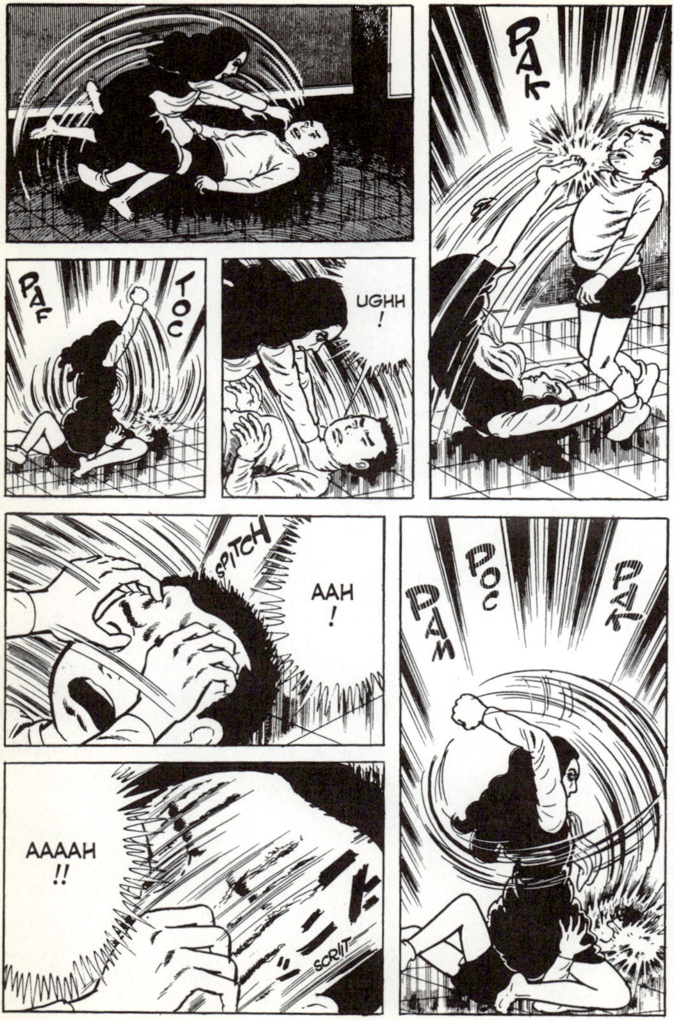
PAF
TOC
UGHH !
PAK
SPITCH
AAH !
AAAAH !!
SCRIIT
PAM
POC
PAK

VOUS ÊTES CONVAINCUS ?
BIEN FAIT !
WAAH !!
LES FILLES ! DÉSHABILLEZ-MOI CE GRINGALET !
HIII !!
JE NE VEUX PAS ! LAISSEZ-MOI !!
À L'AIDE !
N... NON !!

AU SECOURS !!
AH !!
À L'AIDE ! AIDEZ-MOI !!
GYAAH !
NOON ! PITIÉ !!
AAAH !!

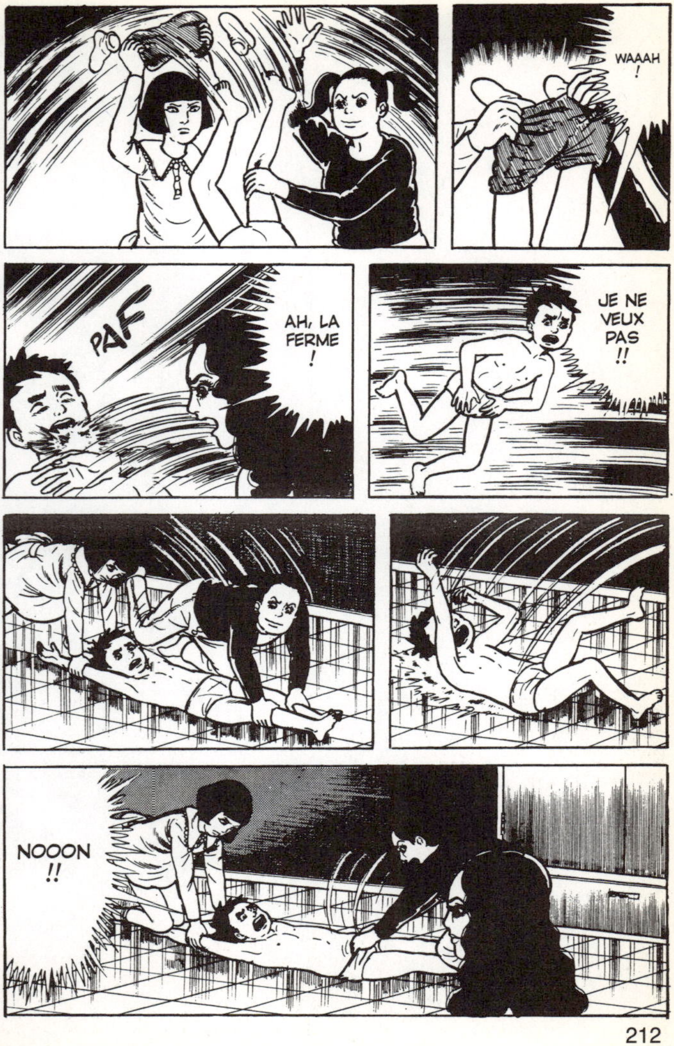
WAAAH
!
PAF
AH, LA FERME
!
JE NE VEUX PAS
!!
NOOON
!!

* QUARTIERS BRANCHÉS DE TÔKYÔ AUTREFOIS TRÈS À LA MODE (NDT).

LA FAUTE DE QUELQU'UN ? MAIS DE QUI ?
J'EN SAIS RIEN, MOI !
DE SEKIYA ?
HAHAHAHA !
DE SHÔ TAKAMATSU !
HEIN ?!
POURQUOI ?!
C'EST UN MENSONGE !
C'EST AFFREUX DE FAIRE DE LUI UN BOUC ÉMISSAIRE !
SILENCE !
SPAF
AH !
TU VEUX PRENDRE SON PARTI ? ALORS J'ESPÈRE POUR TOI QUE TU SAIS CE QUE TU FAIS !

LE NOM DE SHÔ TAKAMATSU DOIT ÊTRE BANNI À JAMAIS !
AKABANÉ ! QUE...
JE... JE PENSE LA MÊME HOSE.
JE DIS LA VÉRITÉ !
LORSQUE LA FOURMI GÉANTE NOUS A ATTAQUÉS, SHÔ A EU TELLEMENT PEUR QU'IL S'EST ÉVANOUI TOUT DE SUITE...
...ET ELLE L'A MANGÉ !

C'EST IMPOSSIBLE !
QUOI ?!
JE NE PEUX PAS CROIRE UNE CHOSE PAREILLE !
ET... ET TOI ALORS, TU L'AS SÛREMENT REGARDÉ MOURIR SANS RIEN FAIRE ET TU AS PRIS LA FUITE !
NON !
ÉCOUTEZ-MOI TOUS ! JE ME SUIS BATTU JUSQU'AU BOUT ! TOUT LE MONDE S'EST FAIT DÉVORER, MAIS MOI, JE ME SUIS BATTU AUSSI LONGTEMPS QUE J'AI PU !
PARCE QUE MON DEVOIR, C'ÉTAIT DE REVENIR VIVANT POUR VOUS PRÉVENIR DE L'EXISTENCE DE LA FOURMI GÉANTE !
SI VOUS VOULEZ UNE PREUVE, J'AI RÉUSSI À EMMENER YUU AVEC MOI APRÈS L'AVOIR SAUVÉ !
C'EST VRAI, HEIN, YUU ? JE T'AI SAUVÉ ET RAMENÉ JUSQU'ICI, N'EST-CE PAS ?
VOUI.

LA FERME !
MOI, JE NE M'ALLIE QU'AVEC CEUX QUI SONT FORTS !
TU MENS !
TAKAMATSU EST MORT PARCE QUE C'ÉTAIT UN TROUILLARD !
C'EST POURQUOI J'AI PRIS LA DÉCISION DE DIRIGER LES CHOSES ! ET JE SERAI BIEN PLUS FERME QUE MES PRÉDÉCESSEURS !
NOUS NE VIVONS PAS QUELQUE CHOSE DE BANAL !
À CIRCONSTANCES EXTRAORDINAIRES, SOLUTIONS EXTRAORDI-NAIRES !
QU'AVONS-NOUS FAIT JUSQUE-LÀ À PART SUIVRE DES COURS INUTILES ? CES ÉTUDES NE NOUS ONT SERVI À RIEN ! CE DONT NOUS AVONS BESOIN, C'EST D'APPRENDRE COMMENT SURVIVRE DANS CETTE SITUATION !
IL FAUT SAVOIR PRENDRE DES DISPOSITIONS BRUTALES POUR RESTER EN VIE ! TELS SONT MES PRINCIPES, ET C'EST POUR ÇA QU'ON M'APPELLE LA MATRONE !
TU N'AS PAS LE DROIT !
DONC SI LA SITUATION L'EXIGE, VOUS DEVEZ ÊTRE PRÊTS À MOURIR SI J'EN DONNE L'ORDRE !
ARGH !

VOUS LE SAVEZ VOUS AUSSI, N'EST-CE PAS ?
ET PUIS JE SAIS QUE SHÔ N'EST PAS QUELQU'UN COMME ÇA !
TU CHERCHES À ME TENIR TÊTE, QUOI QU'IL ARRIVE !
TU EN AS DÉJÀ TROP DIT !
JE DIS JUSTE QU'ON NE PEUT PAS SOUTENIR DE TELLES ACCUSATIONS SANS PREUVES !
PAS DU TOUT !
PAN
TIENS, REGARDE-LE DE PLUS PRÈS !
OH, JE VOIS...
MAIS DIS-MOI, QUE SIGNIFIE CE POING FERMÉ, LÀ ?...

TU T'Y CROIS ?!
AH !
BOM
SALE PESTE !
GYAH !
PAF
PAF
ARRÊTE !!
OUIIN !!
YUU !
DÉGAGE !

DOOK
BAM
CEUX QUI ME RÉSISTERONT SAVENT À QUOI S'ATTENDRE !
ET ÇA S'ADRESSE EN PARTICULIER AUX GARÇONS ! MIEUX VAUT POUR EUX QU'ILS SE SOUVIENNENT DE MOI !
BIEN ! À PRÉSENT NOUS ALLONS PROCÉDER AU JUGEMENT !
UN JUGEMENT ?!
PENDANT QUE NOUS ÉTIONS EN TRAIN D'INSPECTER LES ENVIRONS, NOUS AVONS DÉCOUVERT QUE L'UN D'ENTRE NOUS AVAIT DÉROBÉ DE LA NOURRITURE DANS L'ENTREPÔT SANS SE FAIRE VOIR !
HEIN ?!
LE COUPABLE EST UN GARÇON, ET IL EST PARMI VOUS !
IL NE PORTE PAS DE CHAUSSURES !

VOILÀ L'UNE DES DEUX CHAUSSURES QUE NOUS AVONS TROUVÉES ! NOUS AVONS APPAREMMENT AFFAIRE À UN ÉTOURDI QUI A DÛ LES PERDRE SANS S'EN RENDRE COMPTE.
À PRÉSENT, VOUS ALLEZ ESSAYER CETTE CHAUSSURE CHACUN VOTRE TOUR !
IL FAUDRA PLUS QUE DES DISCOURS POUR ME CONVAINCRE ! JE NE ME FIE QU'À MON FLAIR ET À CE QUE JE VOIS !
MOI NON PLUS !
C'EST PAS MOI !
OK !
TOMEKO ! HATSUKO ! ARRANGEZ-VOUS POUR QUE PERSONNE NE SORTE D'ICI !
CELUI À QUI ELLE IRA PARFAITEMENT EST LE COUPABLE !

HEIN ?
TU VAS DÉJÀ L'ENFILER POUR COMMENCER !
JE... JE PEUX VOUS AIDER ?
ALLEZ-Y, CHACUN À TOUR DE RÔLE !
TAIS-TOI ET OBÉIS !
MAIS, EUH...
CE N'EST PAS TOI NON PLUS.
AU SUIVANT !
HUM ! ON DIRAIT QUE CE N'EST PAS TOI.
SUIVANT !

AH !
BOM
IL Y EN A UN QUI S'ENFUIT !
TAC
TAC
TAC
J'Y VAIS AUSSI !
QU'ATTENDEZ-VOUS POUR LE RATTRAPER ?!
AU SECOURS !!
WAAH !

À L'AIDE !
FERMEZ LES GRANDES PORTES !
C'EST LUI LE COUPA-BLE !
TAKA-MATSU !!
AH !

SHÔ ! C'EST BIEN TOI !
AIDE-MOI !
QUE SE PASSE-T-IL ?
AH !

AH !
TA... TAKAMATSU !
TU N'ÉST PAS MORT ?!
IMPOSSIBLE !
UN FANTÔME !

ET YUU, OÙ EST-IL ?
AKABANÉ, C'EST TOI ! JE SUIS CONTENT DE VOIR QUE TU T'EN ES SORTI !
WAAH !
TON AMI LUI A SAUVÉ LA VIE ET L'A RAMENÉ JUSQU'ICI.
YUU !
GRAND FRÈÈRE !
OUIIN !!
DIEU MERCI !

TU ES VIVANT !
ET LES AUTRES ?
SASA !
SHÔ !
REGARDE !
ILS SONT EN CHEMIN !
OUARGH !
VOUS N'AVEZ DONC PAS ÉTÉ MANGÉS PAR LE MONSTRE ?...

ON S'EN EST SORTIS !
MALHEUREUSEMENT, L'UN D'ENTRE NOUS S'EST FAIT MANGER. IL S'APPELAIT TASHIRO.
NOUS AVONS RETROUVÉ DES BOUTS DE SES MEMBRES DÉCOUPÉS SUR LE SABLE...
POUSSEZ-VOUS !
TU MENS !
JE NE PEUX PAS CROIRE QUE VOUS AYEZ TOUS RÉUSSI À VOUS ENFUIR !
JE SUIS CERTAINE QUE C'EST PARCE QUE VOUS AVEZ SACRIFIÉ CE TASHIRO !
COMMENT ?!
QUI ES-TU, TOI ?
JE SUIS LA PRINCESSE !
À PARTIR DE MAINTENANT, C'EST MOI QUI PRENDS LA DIRECTION DE L'ÉCOLE YAMATO !

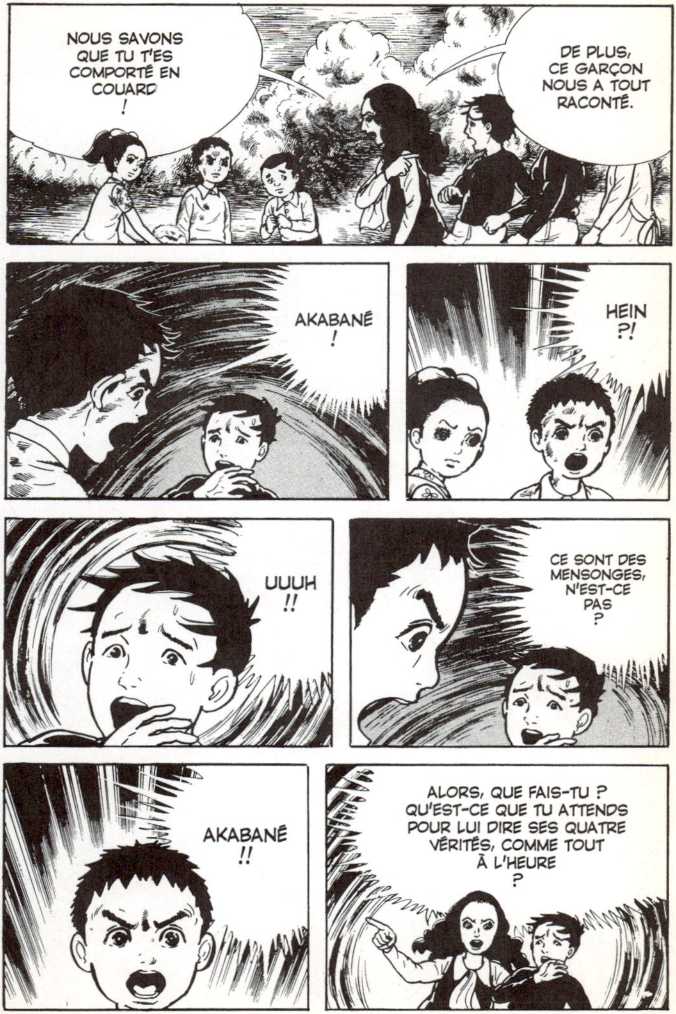
NOUS SAVONS QUE TU T'ES COMPORTÉ EN COUARD !
DE PLUS, CE GARÇON NOUS A TOUT RACONTÉ.
AKABANÉ !
HEIN ?!
UUUH !!
CE SONT DES MENSONGES, N'EST-CE PAS ?
AKABANÉ !!
ALORS, QUE FAIS-TU ? QU'EST-CE QUE TU ATTENDS POUR LUI DIRE SES QUATRE VÉRITÉS, COMME TOUT À L'HEURE ?

POURQUOI ÔTOMO EST-IL ÉVANOUI ?
REGARDE !
AKABANÉ !
ÔTOMO EST TOUJOURS DANS LES POMMES !
MAIS PENDANT SON DÉLIRE, IL A BEAUCOUP PARLÉ !
C'EST PAS MOI !
JE SAIS PAS DE QUOI TU PARLES !
VOUS... VOUS ESSAYEZ DE ME TENDRE UN PIÈGE !

ATTENDS ! AKABANÉ !
WAAAH !
AH !
HEIN ?
TU DIS N'IMPORTE QUOI ! REGARDEZ SEKIYA ! IL A ÉTÉ TELLEMENT TRAUMATISÉ QU'IL EN A PERDU LA TÊTE !
QUANT À VOUS AUTRES, CETTE HISTOIRE DE FOURMI NE SERAIT-ELLE PAS SIMPLEMENT PURE INVENTION ?
C'EST PAS BIENTÔT FINI, CES SIMAGRÉES ?

TCHOU TCHOU !
TCHOU TCHOU LE TRAIN !
POF
BABOU BABOU !
PAS DU TOUT ! DEPUIS SON CHOC, IL SE COMPORTE COMME UN BÉBÉ !
IL EST EN TRAIN DE JOUER LA COMÉDIE !
GABOUH !
DAH ! DAH !
QUOI ?!
ET DIRE QUE CE GROS PLEIN DE SOUPE REPOUSSANT SE PREND POUR UN NOUVEAU-NÉ... C'EST À MOURIR DE RIRE !
DE TOUTES FAÇONS, IL RESTE UN VIEUX PLOUC QUI NE FAIT QUE NOUS ENCOMBRER !
KEH !
BEUH !
BIBOO !

ON N'A PAS LE TEMPS DE SE SUSPECTER LES UNS LES AUTRES ! LA FOURMI GÉANTE S'EST RETIRÉE DANS SA FORÊT APRÈS AVOIR MANGÉ TASHIRO, MAIS ELLE VA SANS DOUTE REVENIR À LA CHARGE !
TU DEVRAIS, POURTANT !
MAIS NE VOUS IMAGINEZ PAS QUE JE VAIS GOBER VOTRE HISTOIRE DE FOURMI GÉANTE !
FROUSSARDS COMME VOUS L'ÊTES, VOUS AVEZ SÛREMENT PRIS VOS DÉLIRES POUR LA RÉALITÉ !
SI TU L'AVAIS VUE DE TES PROPRES YEUX COMME NOUS, TU SERAIS TERRORISÉE TOI AUSSI !
HAHA-HAHA !
IL FAUDRAIT DÉJÀ QUE CET ENDROIT GROUILLE D'INSECTES, D'HERBE ET D'ANIMAUX POUR ASSURER SA SUBSISTANCE ! VOILÀ POURQUOI ÇA NE TIENT PAS DEBOUT !
COMMENT POURRAIT-IL Y AVOIR UNE FOURMI GÉANTE MANGEUSE D'HOMMES DANS CE DÉSERT ?
HEIN ?...
CE NE SONT PAS TES ÉLUCUBRATIONS QUI CHANGERONT GRAND-CHOSE À TON RETOUR ! EN CE MOMENT, TOUT LE MONDE À L'ÉCOLE TE DÉTESTE !

C'EST À MOI QU'ILS OBÉISSENT, MAINTENANT ! ET CEUX QUI NE SONT PAS D'ACCORD N'ONT QU'À S'EN ALLER CREVER OÙ BON LEUR SEMBLE !
BOM
AH !
POK
QU... QU'EST-CE QUE TU FAIS ?
TU RESTES SON ALLIÉE, C'EST ÇA ?
SHÔ !
UH !!
DOM
OUVRE GRANDS TES YEUX !
PARFAITE-MENT !

AS-TU DÉJÀ OUBLIÉ LA DIFFÉRENCE DE FORCE QUI SÉPARE LES FILLES DES GARÇONS ?
TU N'ES PAS EN POSITION DE REFUSER !
NON !
TOI, VIENS PAR ICI !
REGARDEZ TOUS !
CEUX DE L'ÉCOLE !
WAAH !
OKAY, PRIN-CESSE !
LES FILLES, TENEZ-LE FERMEMENT POUR QU'IL NE S'ENFUIE PAS.
AÏE !
BOM
JE PEUX TOUT EXPLIQUER ! ÉCOUTEZ-MOI !
NON ! NON ! C'EST PAS MA CHAUSSURE !
TU VOIS CETTE CHAUSSURE ? C'EST CELLE QUE TU AS LAISSÉE TOMBER EN VOLANT DE LA NOURRITURE DANS LE STOCK !

GYAAAH !
GYAAH !
SBAF
LA FERME !
TU RÉALISES QU'ICI, VOLER DE LA NOURRITURE EST UN CRIME PLUS GRAVE QUE DE DÉROBER UN DIAMANT DE PLUSIEURS MILLIONS DE YENS ?!
BAF
AH !
ARRÊTE !
TU T'ES ENFUI À LA SECONDE OÙ TU AS VU CETTE CHAUSSURE !
TOUS LES FAITS T'ACCABLENT, ALORS N'ESSAYE MÊME PLUS DE M'EMBOBINER !
SHÔ ! ÇA VA ?
OCCUPE-TOI DE TES AFFAIRES, ESPÈCE DE CLOPORTE !

C'EST PAS MOI !
SI TU N'AVOUES PAS, IL ME SUFFIRA DE TE LA FAIRE ENFILER !
POF
CETTE CHAUSSURE... !
AH !
REGARDE, C'EST LA MÊME !

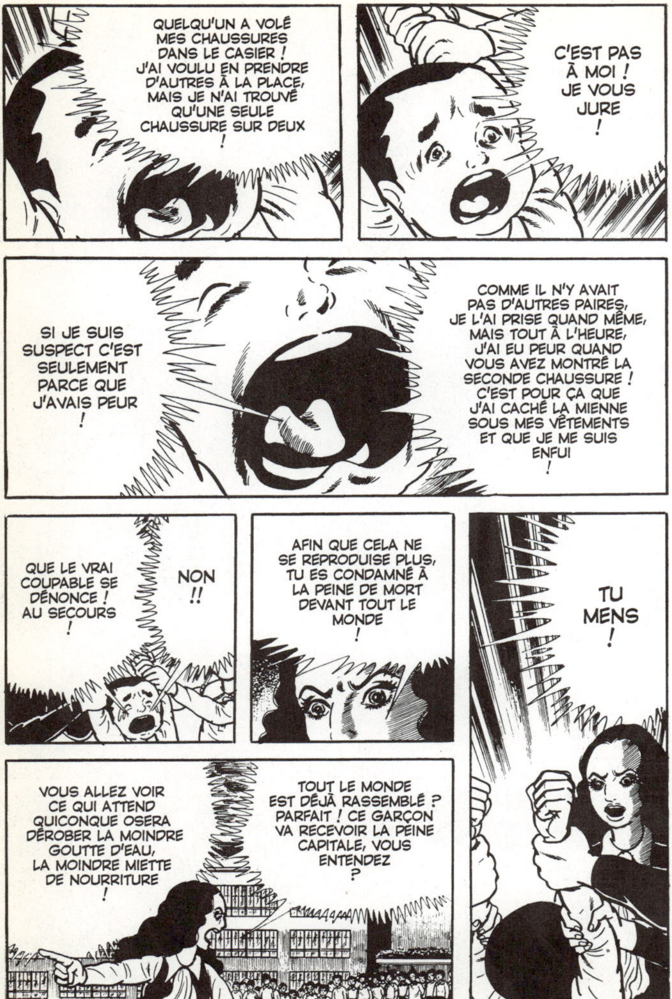
QUELQU'UN A VOLÉ MES CHAUSSURES DANS LE CASIER ! J'AI VOULU EN PRENDRE D'AUTRES À LA PLACE, MAIS JE N'AI TROUVÉ QU'UNE SEULE CHAUSSURE SUR DEUX !
C'EST PAS À MOI ! JE VOUS JURE !
COMME IL N'Y AVAIT PAS D'AUTRES PAIRES, JE L'AI PRISE QUAND MÊME, MAIS TOUT À L'HEURE, J'AI EU PEUR QUAND VOUS AVEZ MONTRÉ LA SECONDE CHAUSSURE ! C'EST POUR ÇA QUE J'AI CACHÉ LA MIENNE SOUS MES VÊTEMENTS ET QUE JE ME SUIS ENFUI !
SI JE SUIS SUSPECT C'EST SEULEMENT PARCE QUE J'AVAIS PEUR !
NON !!
QUE LE VRAI COUPABLE SE DÉNONCE ! AU SECOURS !
AFIN QUE CELA NE SE REPRODUISE PLUS, TU ES CONDAMNÉ À LA PEINE DE MORT DEVANT TOUT LE MONDE !
TU MENS !
TOUT LE MONDE EST DÉJÀ RASSEMBLÉ ? PARFAIT ! CE GARÇON VA RECEVOIR LA PEINE CAPITALE, VOUS ENTENDEZ ?
VOUS ALLEZ VOIR CE QUI ATTEND QUICONQUE OSERA DÉROBER LA MOINDRE GOUTTE D'EAU, LA MOINDRE MIETTE DE NOURRITURE !

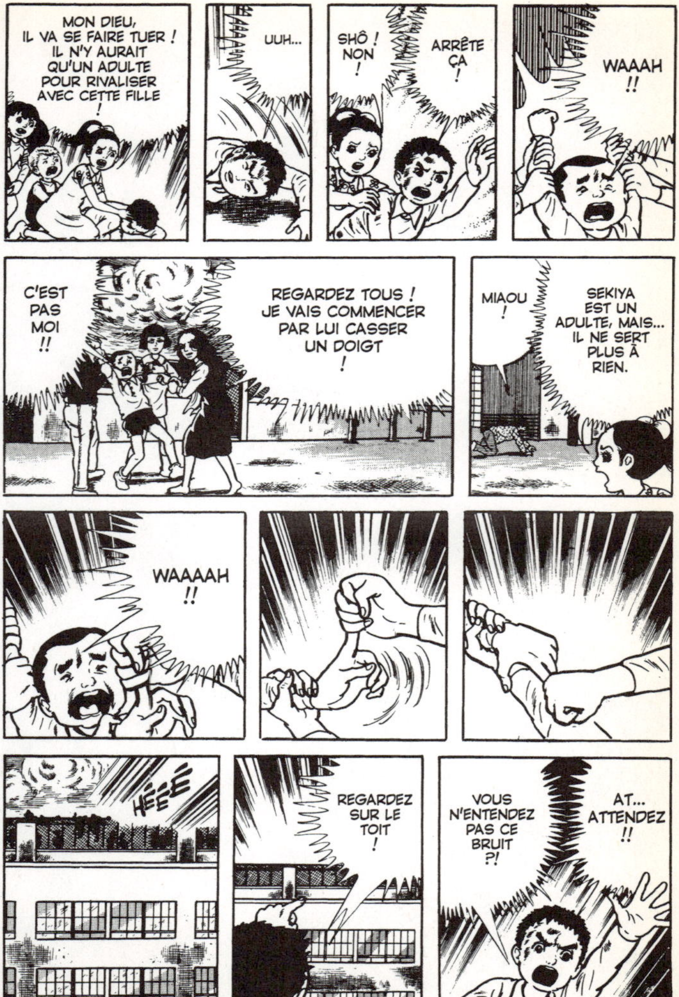
MON DIEU, IL VA SE FAIRE TUER ! IL N'Y AURAIT QU'UN ADULTE POUR RIVALISER AVEC CETTE FILLE !
UUH...
SHÔ ! NON !
ARRÊTE ÇA !
WAAAH !!
C'EST PAS MOI !!
REGARDEZ TOUS ! JE VAIS COMMENCER PAR LUI CASSER UN DOIGT !
MIAOU !
SEKIYA EST UN ADULTE, MAIS... IL NE SERT PLUS À RIEN.
WAAAAH !!
HÉÉÉ
REGARDEZ SUR LE TOIT !
VOUS N'ENTENDEZ PAS CE BRUIT ?!
AT... ATTENDEZ !!

PAPAAA !!

MAMAAAN !!
ILS SONT TROP LOIN POUR NOUS ENTENDRE !
APPELONS-LES PLUS FORT !
RECOMMENÇONS À CRIER.
VOUS ÊTES PRÊTS ? UN, DEUX, TROIS !
PAPAAA !!
MAMAAAN !!

LES MATER-NELLES !
AH !
PAPAAA !!
VIENS VITE ME CHERCHER !!
MOI JE VAIS DEVENIR UN OISEAU ET JE VAIS VOLER JUSQU'À PAPA ET MAMAN !
FAITES ATTENTION !
HOP !

WAAH
!

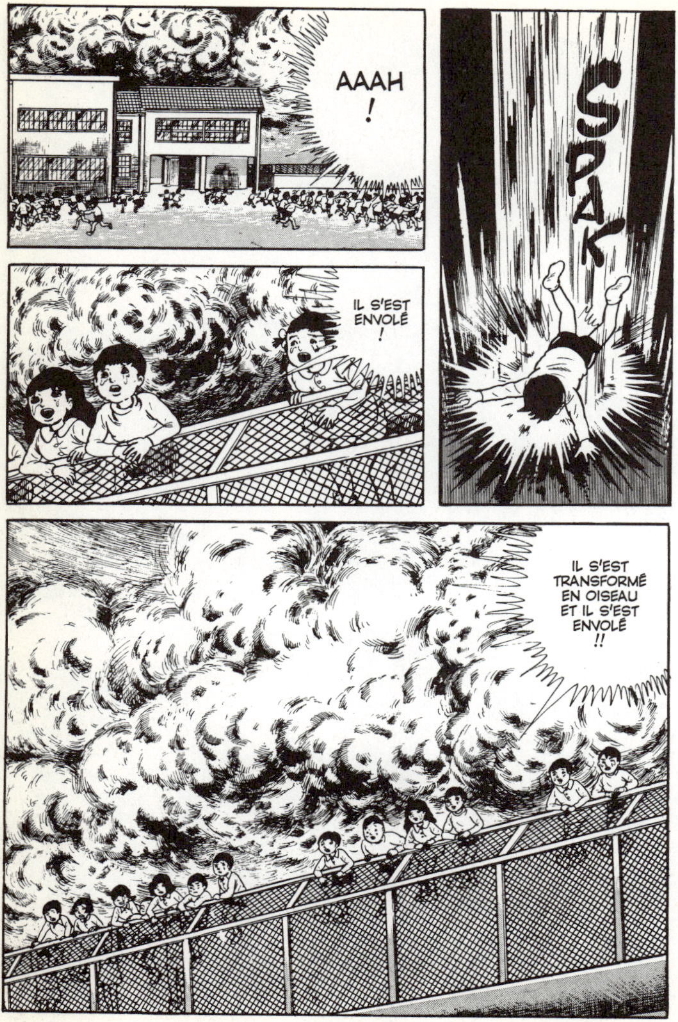
AAAH !
SPAK
IL S'EST ENVOLÉ !
IL S'EST TRANSFORMÉ EN OISEAU ET IL S'EST ENVOLÉ !!

JE VAIS FAIRE COMME LUI !
SI ON DEVIENT DES OISEAUX, ON POURRA RETROUVER PAPA ET MAMAN !
MOI AUSSI !
JE VAIS VOLER !
ARRÊTEZ !!
CHAPITRE 7
L'AVÈNEMENT DE LA COMMUNAUTÉ ÉCOLIÈRE DE YAMATO

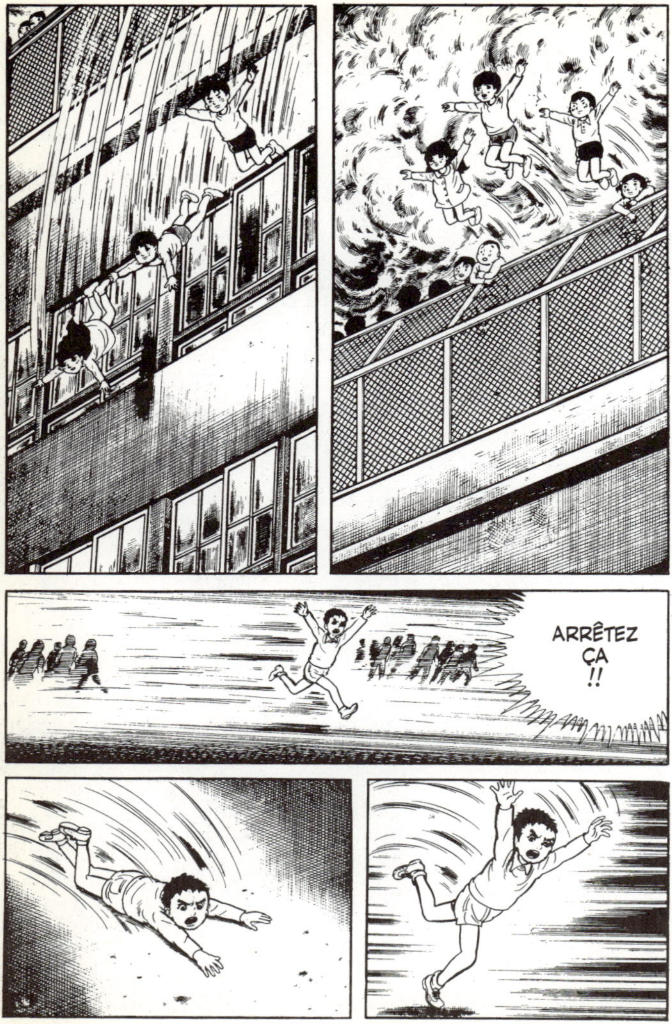
ARRÊTEZ
ÇA
!!

BOM
SPAK
OUUH !!...
IMBÉCILES !! ARRÊTEZ !!
REGARDEZ EN BAS ! ILS SONT TOUS MORTS !

ARRÊTEEZ !!
MOI AUSSI !
MOI AUSSI JE VEUX DEVENIR UN OISEAU ET M'ENVOLER !
IL NE S'EST PAS TRANSFORMÉ EN OISEAU ! REGARDEZ CE QU'IL EST DEVENU !
REGARDEZ !
REGARDEZ BIEN !!
VOUS VOULEZ LUI RESSEMBLER ?! C'EST ÇA QUE VOUS VOULEZ ?...
AH !
OUIIIN !!
REGAR-DEZ !!

VOILÀ LE RÉSULTAT DE NOS QUERELLES !
C'EST CE QUE VOUS VOULEZ ?!
VOUS AUSSI, LES CM2 ET CM1, REGARDEZ !
MON PÈRE ET MA MÈRE ME MANQUENT AUTANT QU'À VOUS TOUS !
JE SOUFFRE AUSSI COMME VOUS TOUS !
OUUH...
NOUS SOMMES TOUS RESPONSABLES DE CE QUI VIENT D'ARRIVER ! VOILÀ LA SEULE CHOSE QU'ON RÉCOLTE LORSQU'ON SÈME LA DISCORDE !

SHÔ !
SHÔ !
GOUH...
OUIIN !
OUUUH...
TU AS ENDURÉ TOUT ÇA POUR NOUS ! TU VOULAIS EXPRIMER TA DOULEUR MAIS TU AS SOUFFERT EN SILENCE !
MERCI, SHÔ !
PARCE QUE JE N'AI QUE TOI SUR QUI M'APPUYER !
SI TU T'ÉTAIS EXPRIMÉ, JE T'EN AURAIS SÛREMENT VOULU.
OUIIN ! OUUH !

TAKAMATSU !!
MOI AUSSI JE VEUX TE SUIVRE !
MOI AUSSI !
J'ARRIVE !
TAKAMATSU !
TSS !
IL Y EN A QUI SONT ASSEZ STUPIDES POUR LE SUIVRE !
HUMPF !
BOM

C'EST M-MOI, GAMÔ. JE VOUDRAIS TE PARLER.
TA-TA-TAKAMATSU !
P-P-POUR CETTE RAISON, IL FAUT NOUS DÉBARRASSER DU CONCEPT D' " ÉCOLE " POUR ADOPTER CELUI DE " COMMUNAUTÉ ".
PAR EXEMPLE, PUISQUE NOUS VIVONS DANS UNE SORTE DE COMMUNAUTÉ, NOUS POURRIONS NOUS APPELER LES " HABITANTS DE LA COMMUNAUTÉ ÉCOLIÈRE DE YAMATO ".
J'AI B-B-BEAU DÉTESTER LA LOGIQUE ADMINISTRATIVE, JE P-PENSE QUE NOUS AVONS BESOIN DE FAIRE DE LA POLITIQUE POUR GÉRER L'ÉCOLE.
JE PENSE DONC QU'IL NOUS FAUT ORGANISER DES ÉLECTIONS POUR ÉLIRE NOTRE PREMIER MINISTRE LE PLUS VITE POSSIBLE.
SINON, NOUS CONNAÎTRONS NATURELLEMENT DES DIVISIONS COMME CELLE QUI VIENT DE SE PRODUIRE.
J'AI LU UN LIVRE TRAITANT DE PSYCHOLOGIE À LA BIBLIOTHÈQUE. IL EN RESSORT QUE DANS UNE SITUATION PRÉCAIRE COMME LA NÔTRE, OÙ LA MAJORITÉ DES GENS RISQUENT DE SUCCOMBER À TOUTES SORTES DE TENTATIONS, LA CHOSE LA PLUS IMPORTANTE EST D'AVOIR UN CHEF QUI SOIT DÉTERMINÉ.
MÊME S'IL EST INDISCIPLINÉ ET QU'IL N'A PAS BEAUCOUP ÉTUDIÉ, L'ESSENTIEL EST QU'IL SOIT CAPABLE DE PRENDRE DES DÉCISIONS RAPIDEMENT ET D'ENTRAÎNER LES AUTRES AVEC LUI.

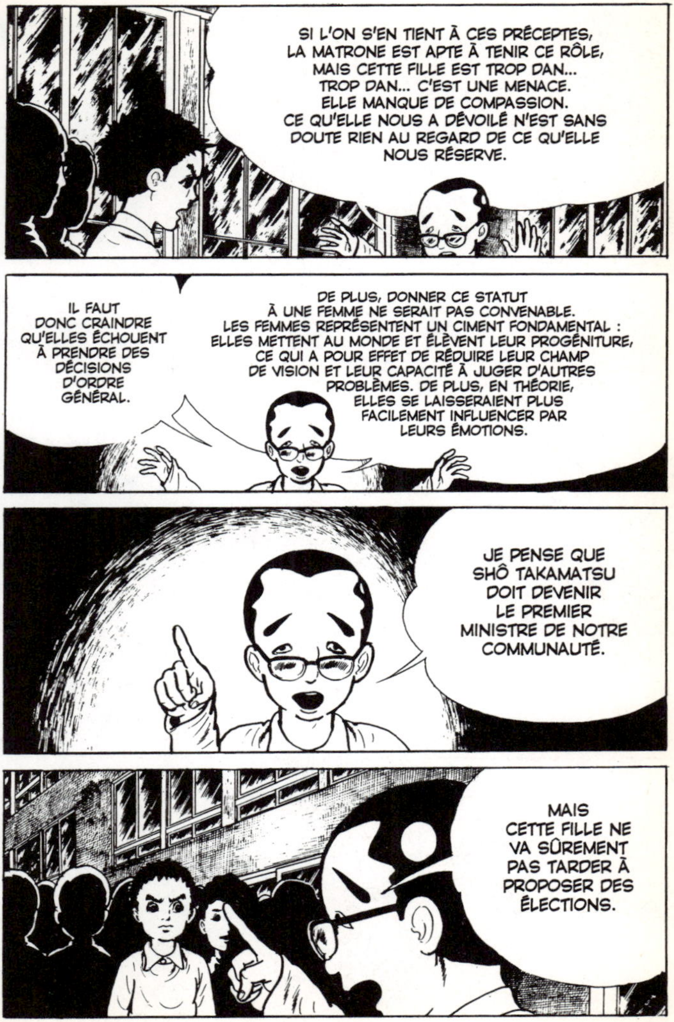
SI L'ON S'EN TIENT À CES PRÉCEPTES, LA MATRONE EST APTE À TENIR CE RÔLE, MAIS CETTE FILLE EST TROP DAN... TROP DAN... C'EST UNE MENACE. ELLE MANQUE DE COMPASSION. CE QU'ELLE NOUS A DÉVOILÉ N'EST SANS DOUTE RIEN AU REGARD DE CE QU'ELLE NOUS RÉSERVE.
DE PLUS, DONNER CE STATUT À UNE FEMME NE SERAIT PAS CONVENABLE. LES FEMMES REPRÉSENTENT UN CIMENT FONDAMENTAL : ELLES METTENT AU MONDE ET ÉLÈVENT LEUR PROGÉNITURE, CE QUI A POUR EFFET DE RÉDUIRE LEUR CHAMP DE VISION ET LEUR CAPACITÉ À JUGER D'AUTRES PROBLÈMES. DE PLUS, EN THÉORIE, ELLES SE LAISSERAIENT PLUS FACILEMENT INFLUENCER PAR LEURS ÉMOTIONS.
IL FAUT DONC CRAINDRE QU'ELLES ÉCHOUENT À PRENDRE DES DÉCISIONS D'ORDRE GÉNÉRAL.
JE PENSE QUE SHÔ TAKAMATSU DOIT DEVENIR LE PREMIER MINISTRE DE NOTRE COMMUNAUTÉ.
MAIS CETTE FILLE NE VA SÛREMENT PAS TARDER À PROPOSER DES ÉLECTIONS.

HÉ, VOUS !
J'AI DÉCIDÉ QUE NOUS ALLIONS FAIRE DES ÉLECTIONS !
VOUS ALLEZ VOTER POUR ÉLIRE LE CHEF DE L'ÉCOLE !
ON N'EN SERAIT PAS LÀ SI CERTAINS PARMI VOUS N'AVAIENT PAS DÉCIDÉ D'ÉCOUTER LES STUPIDITÉS DE TAKAMATSU !
S'IL Y A DES MATERNELLES OU DES CP QUI VEULENT MOURIR, EH BIEN QU'ILS CRÈVENT !
MAIS S'IL Y EN A QUI PENSENT QU'ILS VEULENT VIVRE, QUE CEUX-LÀ ME SUIVENT !
RASSEMBLEZ-VOUS TOUS AU GYMNASE ET COMMENÇONS CETTE ÉLECTION !
TOMEKO ! HATSUKO ! RASSEMBLEZ TOUT LE MONDE AU GYMNASE, Y COMPRIS LES MATERNELLES ET LES CP !
OKAY !

NOUS NOUS RENDÎMES DANS LE GYMNASE POUR Y ÉLIRE NOTRE FUTÙR PREMIER MINISTRE.
MAMAN !
TU IMAGINES, DES ÉCOLIERS EN TRAIN D'ÉLIRE UN PREMIER MINISTRE ? TU TROUVERAIS CERTAINEMENT ÇA COMIQUE !
BÀTAM
AÏE !
ALORS ?!
C'EST BIEN COMPRIS ? VOUS VOTEREZ POUR LA PRINCESSE !

MAINTENANT, VOUS SAVEZ CE QUI VOUS ATTEND SI VOUS NE VOTEZ PAS POUR ELLE !
TU M'FAIS MAAL !
ÉCOUTEZ BIEN ! DORÉNAVANT CE SERA À VOUS DE CHOISIR POUR QUI VOTER !
QUI PRÉPARE L'URNE ?
MAIS SI VOUS NE VOULEZ PAS FAIRE DE MOI VOTRE ENNEMIE, VOUS AVEZ PLUTÔT INTÉRÊT À ME CHOISIR !
VOILÀ, C'EST PRÊT.
M-M-MOI, JE SURVEILLERAI L'URNE AVEC IMPARTIALITÉ.

MÊME LES GARÇONS, VOUS ENTENDEZ, IL FAUT VOTER POUR LA PRINCESSE ! TAKAMATSU N'EST QU'UN TROUILLARD !
VOUS AVEZ INTÉRÊT À VOTER POUR LA PRINCESSE !
BON SANG, TU ENTENDS CE QU'IL DIT ?!
CONNARD, VA !
ÔTOMO, NON !
MERDE !
PERSONNE N'A RIEN DIT À TON SUJET, MAIS TU SAIS AUSSI BIEN QUE MOI QUI EST LE VRAI TROUILLARD !
WAAAH !

ÉCOUTEZ-MOI TOUS ! VOUS ALLEZ SAVOIR À QUEL POINT CE TYPE EST LÂCHE !
QUOI ?!
LÂCHE-MOI... ASSASSIN !
AH !
DOM
ASSAS-SIN !
NE DIS RIEN, JE T'EN PRIE !
ATTENDS, ÔTOMO !
VOTRE ATTENTION S'IL VOUS PLAÎT !
DU CALME !
LE SALAUD ! IL M'A FRAPPÉ ET IL S'ENFUIT !
ELLE VA VOIR !
LA SALE PESTE !
NE VOUS LAISSEZ PAS INFLUENCER PAR LES FAUSSES RUMEURS ! JE NE DIS PAS ÇA DANS L'INTÉRÊT D'UNE PERSONNE EN PARTICULIER, MAIS DANS LE VÔTRE !
JE N'AI PAS BESOIN DE VOUS EXPLIQUER COMBIEN SHÔ EST QUELQU'UN DE BIEN, VOUS L'AVEZ TOUS DÉJÀ COMPRIS !

FINALEMENT, LE VOTE COMMENÇA.
NE T'INQUIÈTE PAS, TOUTES LES FILLES VONT VOTER POUR TOI !
ET UNE BONNE PARTIE DES GARÇONS AUSSI !
UNE FOIS LE VOTE TERMINÉ, ON OUVRIT L'URNE POUR LIRE LES RÉSULTATS.
JE VAIS PROCÉDER AU DÉPOUILLEMENT !
LE SEUL PROBLÈME, C'EST LE VOTE DES PETITES CLASSES JUSQU'AU CE1.
COMME ILS NE COMPRENNENT RIEN, CE SERA DIFFICILE DE SAVOIR POUR QUI ILS VONT VOTER.
EUH... LA PRINCESSE ! ET ENCORE LA PRINCESSE !
LA PRINCESSE
TAKAMATSU
LA PRINCESSE ET MOI NOUS ÉCRIVÎMES NOS NOMS AU TABLEAU, ET CE FUT LE DÉBUT D'UNE LUTTE SERRÉE.
LA PRINCESS

LA PRINCESSE
LA PRINCESSE.
ENCORE TAKAMATSU !
ENSUITE... TA-TA-TAKAMATSU !
EX-AEQUO ?!
LA PRINCESSE
LE DÉCOMPTE EST TERMINÉ !
IL Y EN A PARMI VOUS QUI N'ONT PAS VOTÉ ?!
C'EST IMPOSSIBLE !...
COMMENT ?!
PEU IMPORTE S'IL A VOTÉ OU NON, QUE QUELQU'UN LÈVE LA MAIN !
S'IL Y EN A QUI N'ONT PAS VOTÉ, QU'ILS LÈVENT LA MAIN !

QUI EST-CE ?
SORS DE LÀ !
C'EST MOI.
C'EST MOI, YUU. J'AI PAS VOTÉ PAS'KE JE SAIS PAS ÉCRIRE.
YUU !
TOI !
PE-PE-PETIT, POUR QUI VEUX-TU VOTER ?
DIRIGE-TOI VERS LA PERSONNE QUE TU PRÉFÈRES.
POUR LUI !
GRAND FRÈRE !
GRR !

SEULS LES ÉLÈVES DE L'ÉCOLE YAMATO ONT LE DROIT DE VOTER !
SON VOTE EST REFUSÉ !
CE GAMIN N'A PAS LE DROIT DE VOTER !
MOI.
QUI... QUI EST-CE ?
C'EST VRAI. IL MANQUE D'AILLEURS LA VOIX D'UNE PERSONNE QUI N'A PAS ENCORE VOTÉ.
OUAIIS
OUAIIS
OUAIIS
YOUPII
JE VO... JE VO... JE CHOISIS TAKAMATSU.
TAKAMATSU
TE VOILÀ PREMIER MINISTRE, MAINTENANT ! NOUS ALLONS TOUS SUIVRE TES DÉCISIONS !
BRAVO, SHÔ !
TAKA-MATSU !

MAIS À PRÉSENT, JE DÉCIDAI DE M'IN-VESTIR À FOND DANS MA TÂCHE.
MAMAN ! BIEN QUE JE N'AIE JAMAIS EU CONFIANCE EN MOI, J'AI DÛ ENDOSSER LA RESPONSABILITÉ DE PREMIER MINISTRE !
MERCI !
CE NE SERA PAS UNE TÂCHE FACILE, BON COURAGE !
JE QUITTE CETTE ÉCOLE !
GRR !
CEUX QUI VEULENT ME SUIVRE SONT LES BIENVENUS !
JE N'AI PLUS DU TOUT ENVIE DE RESTER ICI.
TOI !
MOI AUSSI !
JE VIENS !
PERSONNE D'AUTRE ?
MOI AUSSI !
JE VIENS AVEC TOI, PRINCESSE !

AAH !
TU NE VIENS PAS, TOI ?
C'EST TOUT ?!
NON !
WAAH !
S'IL VOUS PLAÎT, PARDONNEZ-MOI ! JE VOUS AI MENTI À TOUS !
J'AI EU TORT !
EXCUSE-MOI, TAKAMATSU !
JE VOUS DEMANDE PARDON !
QUAND VOUS RÉALISEREZ VOTRE ERREUR, IL SERA TROP TARD POUR REGRETTER !
IL SUFFIT DE VOUS REGARDER, TOUS ! JE NE RESTERAI PAS UNE SECONDE DE PLUS DANS CETTE ÉCOLE DE MISÉRABLES VERS DE TERRE ! JE PRÉFÈRE ENCORE ALLER DEHORS CHERCHER UN ENDROIT OÙ IL Y A PLEIN DE NOURRITURE !
TU N'ES QU'UN VER DE TERRE !

BAM
ARGH !
POK
RAPPELEZ-VOUS CES PAROLES !
ET CE JOUR-LÀ JE VOUS MONTRERAI MA VRAIE FORCE !
ATTENDS !
VOUS POUVEZ VOUS SERVIR DANS NOS RATIONS D'EAU ET DE NOURRITURE.
VENEZ, VOUS AUTRES. ON Y VA !
VLAM
GII
HUMPF !

salle de réunion
MAMAN, TU NE VAS PAS EN CROIRE TES OREILLES. JE ME SUIS SERVI DE CE QUE J'AVAIS APPRIS EN COURS D'ÉDUCATION CIVIQUE POUR ME LIVRER À UN SEMBLANT DE GOUVERNEMENT, ET J'AI NOMMÉ MES MINISTRES PARMI LES ÉLÈVES DE CM2.
NE CONNAISSANT PAS LES ÉLÈVES DES AUTRES CLASSES, JE COMMENÇAIS PAR NOMMER LES DEUX PREMIERS PARMI CEUX DE LA MIENNE.
D'ABORD, J'OFFRIS À ÔTOMO LE MINISTÈRE DE LA SANTÉ.
IL FAUT QU'ON TROUVE UNE SOLUTION POUR LA NOURRITURE.
À IKEGAKI, CELUI DE LA DÉFENSE.
LA FOURMI GÉANTE VA REVENIR À L'ÉCOLE ! ON DOIT SE PRÉPARER !
ET ENFIN, JE FIS EXCEPTIONNELLEMENT D'UN ÉLÈVE DE CM1, GAMÔ, NOTRE MINISTRE DE L'ÉDUCATION.
J'AURAIS PRÉ-PRÉ-PRÉFÉRÉ NE PAS AVOIR DE RESPONSABILITÉ, CAR JE SUIS DU GENRE INDÉCIS...
AU FAIT, JE SOUHAITERAIS TE PARLER UN PEU PLUS TARD DE LA FOURMI GÉANTE. IL Y A QUELQUE CHOSE DE BIZARRE DERRIÈRE...
HEIN, TU LE PENSES ÉGALEMENT ? À VRAI DIRE, MOI AUSSI JE TROUVAIS ÇA ÉTRANGE MAIS JE N'OSAIS RIEN DIRE...
NOUS EN REPARLERONS PLUS TARD !
D'AC... D'AC... OK.

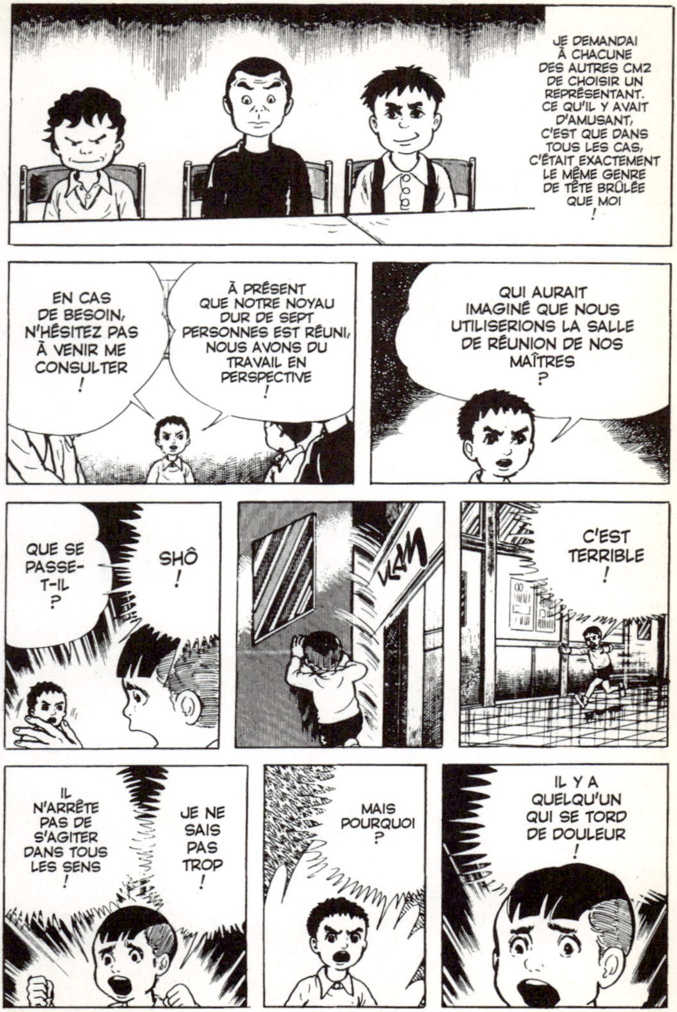
JE DEMANDAI À CHACUNE DES AUTRES CM2 DE CHOISIR UN REPRÉSENTANT. CE QU'IL Y AVAIT D'AMUSANT, C'EST QUE DANS TOUS LES CAS, C'ÉTAIT EXACTEMENT LE MÊME GENRE DE TÊTE BRÛLÉE QUE MOI !
EN CAS DE BESOIN, N'HÉSITEZ PAS À VENIR ME CONSULTER !
À PRÉSENT QUE NOTRE NOYAU DUR DE SEPT PERSONNES EST RÉUNI, NOUS AVONS DU TRAVAIL EN PERSPECTIVE !
QUI AURAIT IMAGINÉ QUE NOUS UTILISERIONS LA SALLE DE RÉUNION DE NOS MAÎTRES ?
QUE SE PASSE-T-IL ?
SHÔ !
VLAM
C'EST TERRIBLE !
IL N'ARRÊTE PAS DE S'AGITER DANS TOUS LES SENS !
JE NE SAIS PAS TROP !
MAIS POURQUOI ?
IL Y A QUELQU'UN QUI SE TORD DE DOULEUR !

C'EST PAS LOIN DE LA CANTINE !
VENEZ VITE !
AH !
ON Y EST !
QU'EST-CE QU'IL A ?!

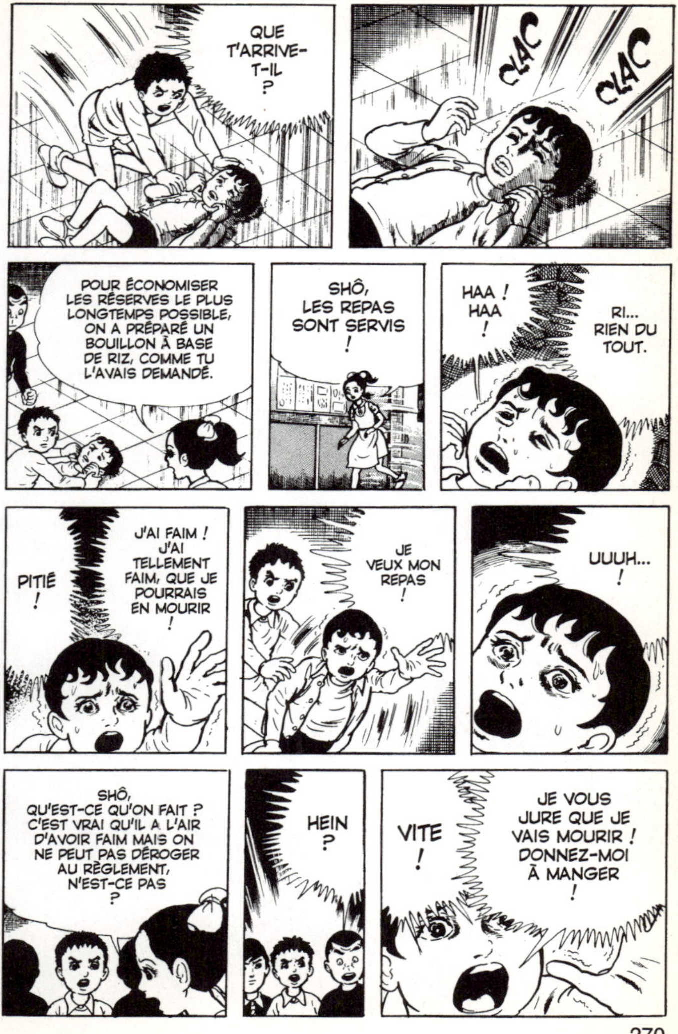
QUE T'ARRIVE-T-IL ?
CLAC
CLAC
POUR ÉCONOMISER LES RÉSERVES LE PLUS LONGTEMPS POSSIBLE, ON A PRÉPARÉ UN BOUILLON À BASE DE RIZ, COMME TU L'AVAIS DEMANDÉ.
SHÔ, LES REPAS SONT SERVIS !
HAA ! HAA !
RI... RIEN DU TOUT.
PITIÉ !
J'AI FAIM ! J'AI TELLEMENT FAIM, QUE JE POURRAIS EN MOURIR !
JE VEUX MON REPAS !
UUUH... !
SHÔ, QU'EST-CE QU'ON FAIT ? C'EST VRAI QU'IL A L'AIR D'AVOIR FAIM MAIS ON NE PEUT PAS DÉROGER AU RÈGLEMENT, N'EST-CE PAS ?
HEIN ?
VITE !
JE VOUS JURE QUE JE VAIS MOURIR ! DONNEZ-MOI À MANGER !

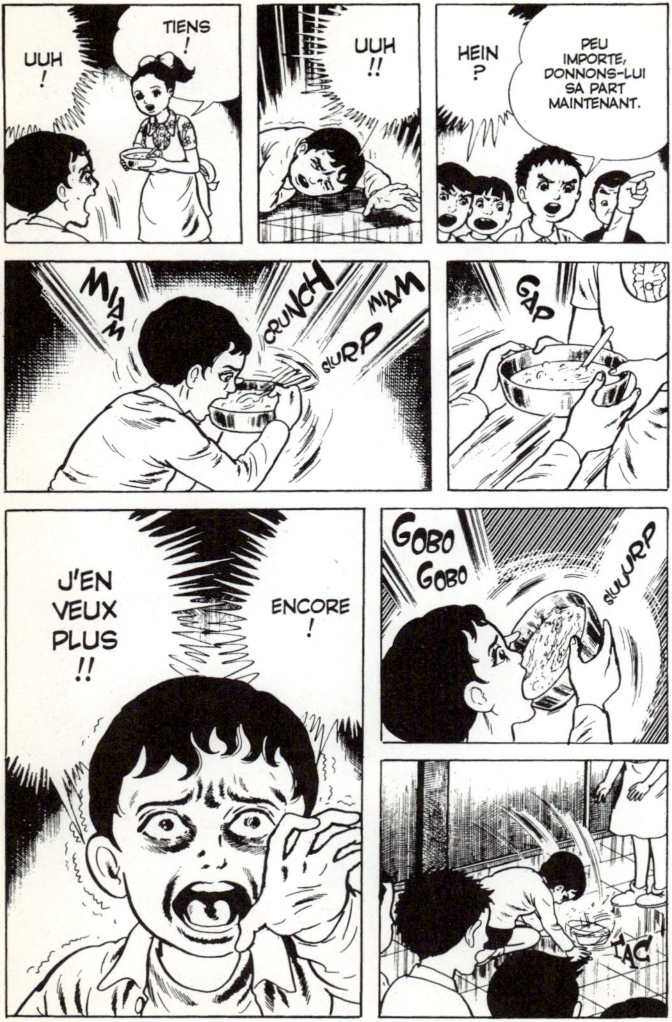

UUH !
TIENS !
UUH !!
HEIN ?
PEU IMPORTE, DONNONS-LUI SA PART MAINTENANT.
MIAM
CRUNCH
MIAM
SLURP
GAP
J'EN VEUX PLUS !!
ENCORE !
GOBO GOBO
SLUUURP
TAC

KYAH !
PITIÉ !
LÂCHE-LA !
JE... JE VOUS EN SUPPLIE ! DONNEZ-MOI ENCORE À MANGER !!

TU VIENS DÉJÀ D'ENGLOUTIR TON REPAS !
ESTIME-TOI HEUREUX D'AVOIR PU MANGER EN CACHETTE AVANT TOUT LE MONDE !
JE SAIS BIEN ! MAIS J'AI ENCORE TELLEMENT FAIM !
ÇA NE ME SUFFIT PAS ! PAS DU TOUT ! MON ESTOMAC RÉCLAME À MANGER ENCORE ET ENCORE ! JE VAIS MOURIR SI JE NE MANGE PAS !
JE NE SAIS PAS POURQUOI, MAIS IL ME DEMANDE DE MANGER SANS CESSE, TOUT LE TEMPS, C'EST INSUPPORTABLE !
PITIÉ, DONNEZ-MOI ENCORE PLUS À MANGER !

TU N'AS AUCUNE RAISON D'AVOIR ENCORE FAIM ! DE PLUS, TU SAIS COMME MOI QUE LES RATIONS SONT TRÈS LIMITÉES ! ET TU VIENS D'AVOIR TA PART !
ARRÊTE !
NON ! VOUS VOUS TROMPEZ !
TU SERAIS PAS EN TRAIN DE JOUER LA COMÉDIE POUR AVOIR UN PEU DE RAB ?
SHÔ... TU NE LE TROUVES PAS BIZARRE ?
JE... JE VOUS AVOUERAI TOUT CE QUE VOUS VOULEZ... MAIS LAISSEZ-MOI MANGER QUELQUE CHOSE !!
C'EST... C'EST MOI QUI AI VOLÉ DE LA NOURRITURE DANS LA RÉSERVE !!
UGGH !!
J'AI FAIM ! TELLEMENT FAIM ! JE NE PEUX PLUS TENIR !

COMMENT ?!
QU'EST-CE QUE TU DIS ?!
JE L'AI VOLÉE !
J'AVAIS TELLEMENT FAIM QUE J'AI CRU QUE J'ALLAIS EN MOURIR !
ET TU AS TOUT MANGÉ ?
IL Y EN AVAIT POUR DIX PERSONNES AU MOINS !
TOUT ! J'AI TOUT MANGÉ !
ET JUSTE APRÈS, J'AVAIS TOUJOURS FAIM !
QUOI ?!

ALORS DONNEZ-MOI À MANGER !
SINON JE NE SAIS PAS DE QUOI JE SERAI CAPABLE !
BON SANG DE...
ATTENDS !
IL DIT PEUT-ÊTRE LA VÉRITÉ !
JE... JE PENSE À LA CHOSE SUIVANTE.
IL EST POSSIBLE, QUAND ON SE TROUVE BRUSQUEMENT DANS UN LIEU OÙ LA NOURRITURE MANQUE CRUELLEMENT, QU'UNE RÉACTION DE DÉFENSE CONSISTANT À FOCALISER TOUTE SON ATTENTION SUR LES ALIMENTS FASSE SON APPARITION, CE QUI ABOUTIT À UNE ATTITUDE TRÈS AGRESSIVE DONT LA FINALITÉ EST L'ASSOUVISSEMENT DE LA SENSATION DE FAIM.
COMME ON DIT, IL S'AGIT DE L'EXPRESSION D'UNE TERREUR REFOULÉE.
DANS LE CAS DE CE GARÇON, UNE DES SOLUTIONS EST PEUT-ÊTRE DE LE RASSURER.
APRÈS TOUT, TANT QU'IL NE POURRA PAS RENTRER CHEZ LUI, IL CONTINUERA À AVOIR FAIM, PAS VRAI ?

ÇA SUFFIT, JE N'EN PEUX PLUS !
À MANGER !!
SHÔ, NE T'OCCUPE PAS DE LUI !
ALORS ATTACHEZ-MOI, AU MOINS !
TU NE SAIS PLUS CE QUE TU DIS ! ALLEZ, CALME-TOI ET REJOINS TA CLASSE. TU ES UN CM1, C'EST ÇA ?
UUUUH !!
UWAAAH !!
OUAH !
ATTENTION !

RETENEZ-LE !
HÉ, OÙ VAS-TU ?
DONNEZ-MOI À MANGER !!
UUGH !
IL A RAISON, IL VAUT MIEUX L'ATTACHER ! SASA, RAMÈNE-NOUS UNE CORDE !
OK !

GWAAH !!
UUH !!
ATT... ATT... ATTENDEZ S'IL VOUS PLAÎT ! VOUS ÊTES EN TRAIN DE LIGOTER VOTRE MINISTRE DE L'ÉDUCATION !
ON DOIT L'ENFERMER QUELQUE PART, POUR SA SÉCURITÉ ! MAINTENANT QU'ON SAIT QUE C'EST LUI LE VOLEUR, IL RISQUE DE SE FAIRE LYNCHER !
HUF ! HUF !
MAIS SI ON LE GARDE ENFERMÉ, ÇA VA ENGENDRER DES SOUPÇONS !
SANS COMPTER QUE ÇA RISQUE DE LE RENDRE VIOLENT. ON NE PEUT PAS PRENDRE LE RISQUE QU'IL S'ÉTOUFFE EN MORDANT SA LANGUE, ON FERAIT MIEUX DE L'EMMENER DANS SA CLASSE ET DE LEUR EN CONFIER LA GARDE, NON ?
MOI JE LA CONNAIS, SA CLASSE. C'EST LA DEUXIÈME DE CM1.
CONDUIS-NOUS LÃ-BAS !
SHÔ, JE VAIS COMMENCER Ã SERVIR LES REPAS DE MON CÔTÉ.
MERCI, SASA !

2ième classe de cm1
VOILÀ TOUTE L'HISTOIRE... LES AUTRES CLASSES NE DOIVENT SURTOUT RIEN SAVOIR !
JE VEUX MANGER !!
SI VOUS PRENEZ SOIN DE LUI, JE PENSE QU'IL FINIRA PAR ALLER MIEUX.
COÛTE QUE COÛTE, VOUS DEVEZ LE GARDER LIGOTÉ ET NE JAMAIS LUI DONNER À MANGER.
À MANGEEER !!
JE COMPTE SUR VOUS !
D'ACCORD !

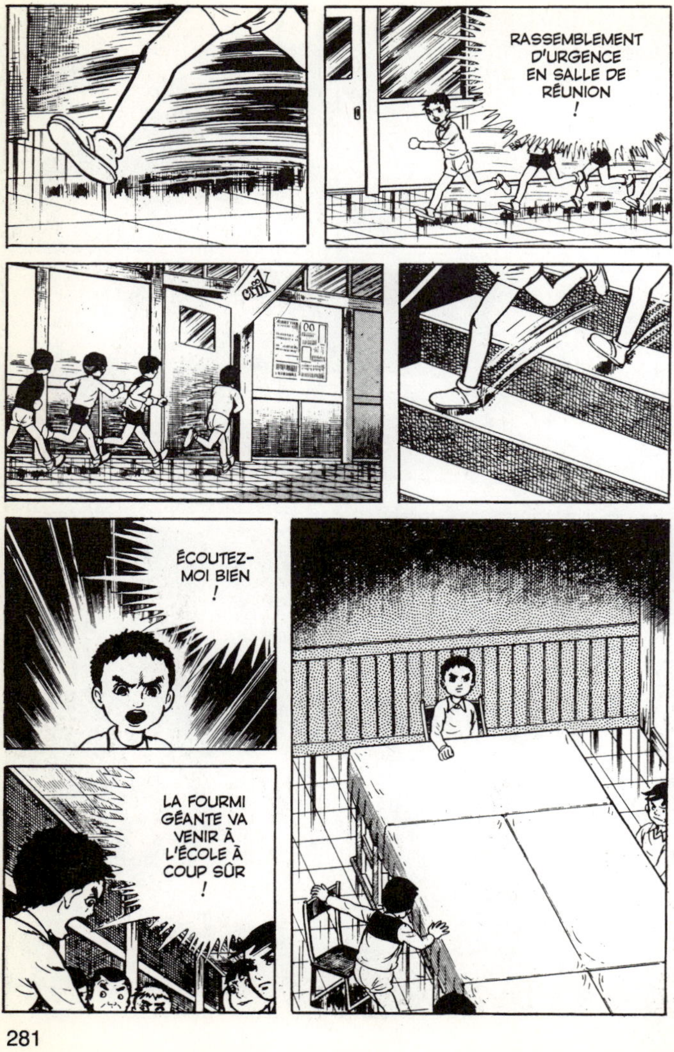

RASSEMBLEMENT D'URGENCE EN SALLE DE RÉUNION !
CRIIK
ÉCOUTEZ-MOI BIEN !
LA FOURMI GÉANTE VA VENIR À L'ÉCOLE À COUP SÛR !

CEUX QUI NE L'ONT PAS VUE NE CROIENT PAS À SON EXISTENCE.
JE PENSE PAREIL...
IL FAUT RECONNAÎTRE QU'IL Y A BEAUCOUP D'ÉLÈVES FRANCHEMENT SCEPTIQUES.
C'EST VRAI.
ET PAR-DESSUS LE MARCHÉ, ELLE EST JUSTE À CÔTÉ DE NOUS !
C'EST TOUT À FAIT COMPRÉHEN-SIBLE !
MAIS LA FOURMI GÉANTE EST BEL ET BIEN RÉELLE !
BAM
SI ELLE ARRIVE JUSQU'ICI, CE SERA UNE CATAS-TROPHE !
ALORS IL FAUT RÉFLÉCHIR À DES MOYENS POUR NOUS PROTÉGER !

ET SI ON INSTALLAIT UN PIÈGE À L'ENTRÉE DU PORTAIL ? DÈS QU'ELLE ARRIVERAIT, ON FERAIT TOMBER DESSUS DES PIQUETS ALOURDIS PAR UNE GROSSE PIERRE !
ON N'A QU'À UTILISER LE FILET QUI A SERVI AU PARCOURS D'OBSTACLES PENDANT LA FÊTE SPORTIVE !
ON POURRAIT AUSSI AJOUTER UN FILET POUR L'IMMOBILISER !
CLAP
EXCELLENT !
ET À TOUT HASARD, ON POURRAIT SE MUNIR D'UN MAXIMUM DE LANCES OU DE JAVELOTS !
CLAP
TRÈS BONNE IDÉE ÉGALE-MENT !
JE VAIS RÉUNIR LES ÉLÈVES LES MIEUX NOTÉS EN CULTURE PHYSIQUE ET LES PRÉPARER AU COMBAT ! OH ! ET PUIS IL FAUT AUSSI PRÉVOIR UN POSTE DE SURVEILLANCE !
EN TANT QUE MINISTRE DE LA DÉFENSE, JE ME CHARGE DES OPÉRATIONS !
QUANT À M-M-MOI, JE VAIS ALLER VOIR EN SALLE DE SCIENCES S'IL N'Y A PAS DE L'ACIDE CHLORHYDRIQUE OU SULFURIQUE.

QUI EST LÀ ?
BAM BAM
MOI, MINISTRE DE LA CONSTRUCTION, JE VAIS RASSEMBLER TOUS LES GARS DOUÉS EN TRAVAUX MANUELS ET M'OCCUPER DE LA FABRICATION DU PIÈGE !
...ON M'A DIT QUE VOUS ÉTIEZ LÀ, JE VOUS AMÈNE VOS REPAS.
CE N'EST QUE MOI...
C'EST MOI ! JE PEUX ENTRER ?
GWOOOOAAH
AAAARGH
C'EST ENCORE L'AUTRE. IL A TELLEMENT FAIM QUE LA VUE DU REPAS DES AUTRES LE MET DANS TOUS SES ÉTATS.

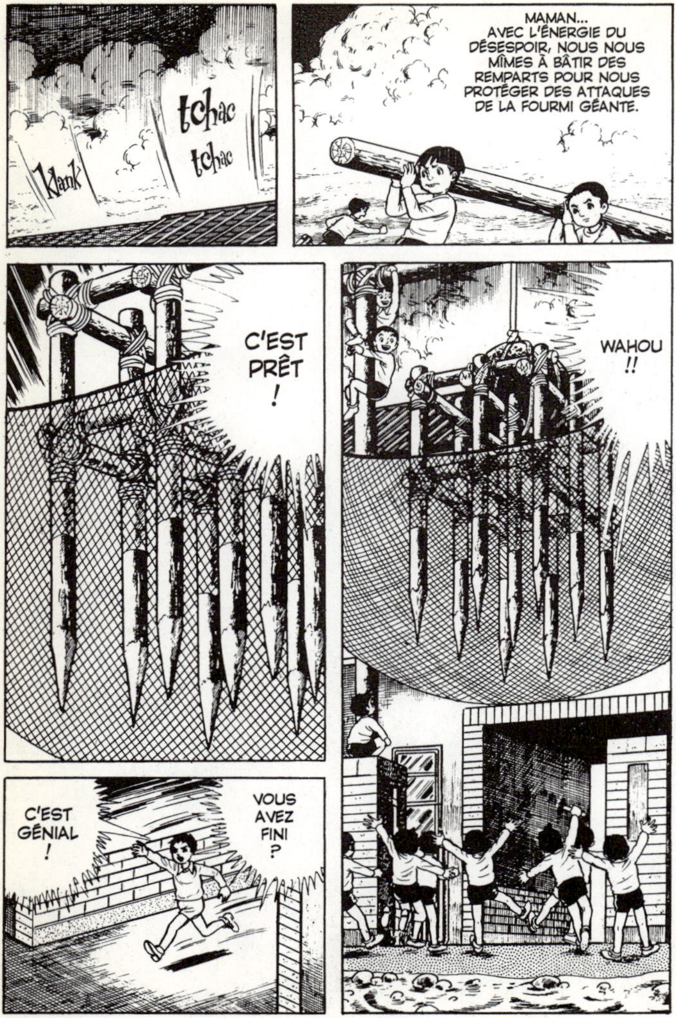
tchac
tchac
klank
MAMAN... AVEC L'ÉNERGIE DU DÉSESPOIR, NOUS NOUS MÎMES À BÂTIR DES REMPARTS POUR NOUS PROTÉGER DES ATTAQUES DE LA FOURMI GÉANTE.
C'EST PRÊT !
WAHOU !!
VOUS AVEZ FINI ?
C'EST GÉNIAL !

COMMENT ÇA ?
HEIN ?!
SHÔ, N'AVANCE PAS ! TU VAS TOMBER DANS LE PIÈGE !
CETTE NUIT-LÀ, NOUS NOUS RELAYÂMES POUR MONTER LA GARDE SUR LE TOIT.
SI TU TOMBES DEDANS, LE MÉCANISME VA PROVOQUER LA CHUTE DES PIQUETS !
MAIS NI LA NUIT SUIVANTE, NI CELLE D'APRÈS, LA FOURMI GÉANTE N'APPARUT.
QUOI ?...
ILS DISENT QUE LA FOURMI GÉANTE N'EXISTE PAS !
DES CHOSES ?
IL Y EN A QUI COMMENCENT À MURMURER DES CHOSES.
SHÔ...

HEIN ?
NOTRE AFFAMÉ S'EST ÉCHAPPÉ !
SASA !
SHÔ ! ÔTOMO ! VENEZ VITE !
QUE... QUEL ÉTAIT CE CRI ?
GYAAA
SLUP
MIAM
S'IL SE RAPPROCHE DE L'ENTRÉE, IL VA TOMBER DANS LE PIÈGE ! IL EST LE SEUL À IGNORER SON EXISTENCE, ICI !
AH !
IL EST LÀ-BAS !
VOUS ÊTES LES CM1 ? POURQUOI L'AVEZ-VOUS DÉTACHÉ ?
IL A DÉROBÉ LE RÉCIPIENT QUI CONTENAIT LE REPAS DE SA CLASSE ET S'EST ENFUI AVEC !
ALORS ON A TOUS DÉCIDÉ DE LUI DONNER NOTRE PART POUR QU'IL SOIT BIEN RASSASIÉ !
ET IL AVAIT TELLEMENT, TELLEMENT FAIM... ÇA NOUS FAISAIT TROP DE PEINE, C'ÉTAIT TROP DUR POUR NOUS !
M... MAIS C'EST QU'IL AVAIT VRAIMENT L'AIR DE MOURIR... IL SOUFFRAIT TELLEMENT, ON NE SUPPORTAIT PLUS DE LE VOIR COMME ÇA !

EH ! VIENS ICI !
AVANT, IL CHIPOTAIT TOUJOURS AVEC LA NOURRITURE ET NE MANGEAIT PRESQUE RIEN !
QU'EST-CE QUI LUI ARRIVE VRAIMENT, À NAKATA ?
VOUS N'AVIEZ PAS BESOIN DE LE LIBÉRER POUR AUTANT !
IMBÉCILES !
BATAM
OUF !
GLUP
MIAM
GLUP
AU... AU SECOURS !
AH !
TU M'ENTENDS ? VIENS LÀ !
WAAH !!
J'AVAIS TROP FAIM... JE N'AI PAS PU ME CONTRÔLER !
PARDON ! PARDON !

KYAAH !
ATTENTION !
TU FONCES DROIT DANS LE PIÈGE !
ATTENTION À TOI !
ZBOF
GYAARGH
DODOM
ZPOF
AH !!

GYAAAAA !!
MON DIEU, SHÔ !!

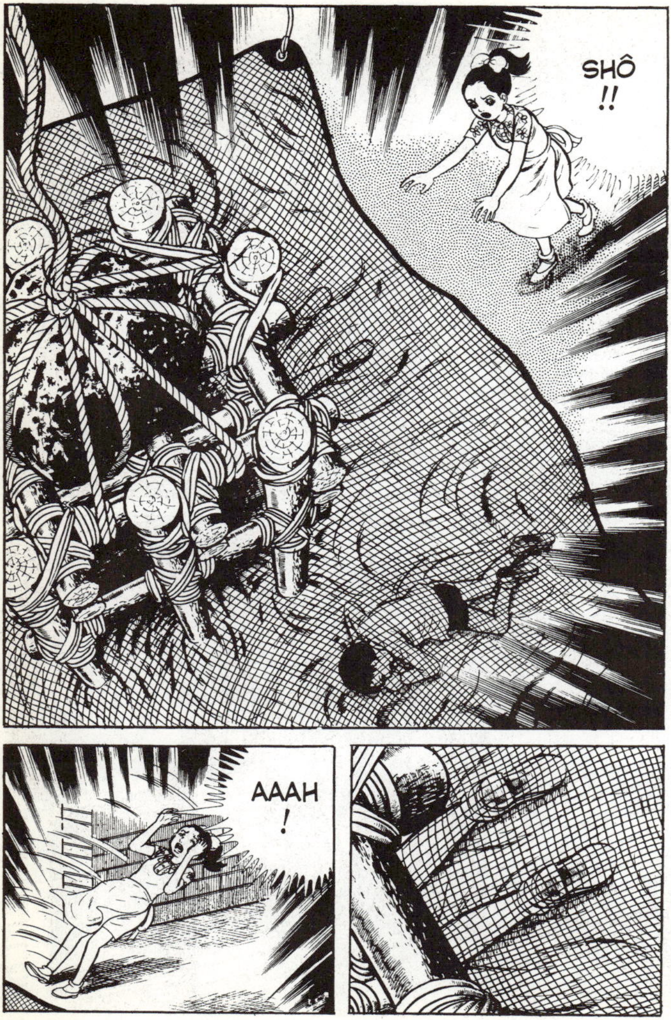
SHÔ !!
AAAH !

TAKA-
MATSU
!
TAKA-
MATSU
!
UUH
!
HAA...
HAA...
TOI,
TU N'AS
RIEN
?
QUELLE CHANCE !
UN PAS DE PLUS
ET TU TE FAISAIS
EMBROCHER
!
TU VAS
BIEN
?
LA
FOURMI
GÉANTE
!
JE SUIS
TELLEMENT
DÉSOLÉ
!
JE SUIS DÉSOLÉ.
SI TU N'AVAIS PAS
ESSAYÉ DE ME
RETENIR, JE...

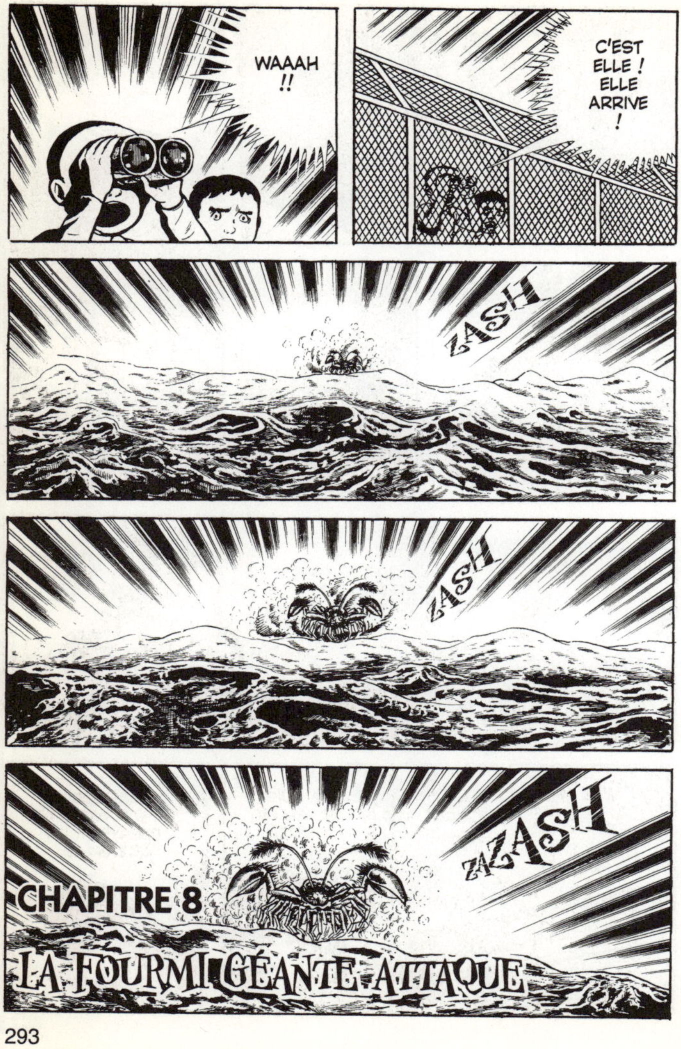
WAAAH !!
C'EST ELLE ! ELLE ARRIVE !
ZASH
ZASH
ZAZASH
CHAPITRE 8
LA FOURMI GÉANTE ATTAQUE

C'EST LA FOURMI GÉANTE !
PLAF
WAAAH !
AH !!
ZAZASH
C'EST ELLE !
ELLE ARRIVE !
ENFERMEZ-VOUS TOUS DANS LE BUNKER !
WAAH !
ZAZASH
ELLE SE DIRIGE DROIT SUR NOUS !
MAINTENANT QU'ON EN A BESOIN IL NE NOUS SERT PLUS À RIEN !
ZUT !
WAAH !

SHÔ !
IKEGAKI ! QU'EST-CE QU'IL Y A ?
RENTRE VITE EN CLASSE !
C'EST À MON TOUR DE PRENDRE LES CHOSES EN MAIN !
JE VAIS ME BATTRE AUSSI !
IDIOT ! C'EST MON AUTORITÉ QUI COMPTE, MAINTENANT !
C'EST MOI QUI DONNE LES ORDRES !
IKEGAKI !

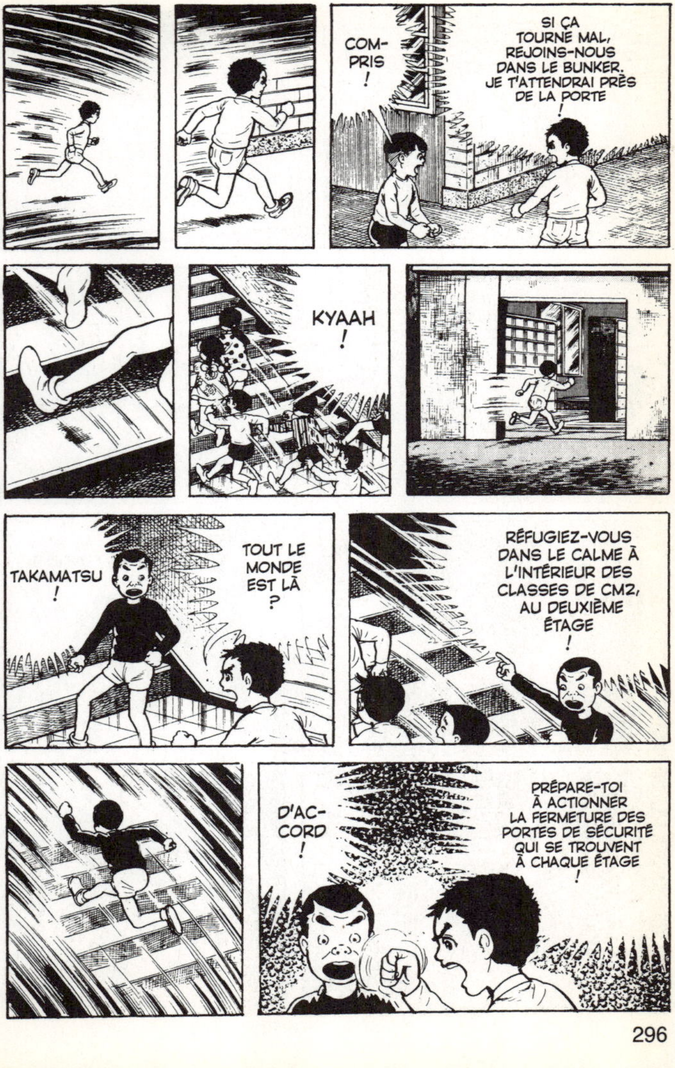
SI ÇA TOURNE MAL, REJOINS-NOUS DANS LE BUNKER. JE T'ATTENDRAI PRÈS DE LA PORTE !
COM-PRIS !
KYAAH !
TAKAMATSU !
TOUT LE MONDE EST LÀ ?
RÉFUGIEZ-VOUS DANS LE CALME À L'INTÉRIEUR DES CLASSES DE CM2, AU DEUXIÈME ÉTAGE !
PRÉPARE-TOI À ACTIONNER LA FERMETURE DES PORTES DE SÉCURITÉ QUI SE TROUVENT À CHAQUE ÉTAGE !
D'AC-CORD !

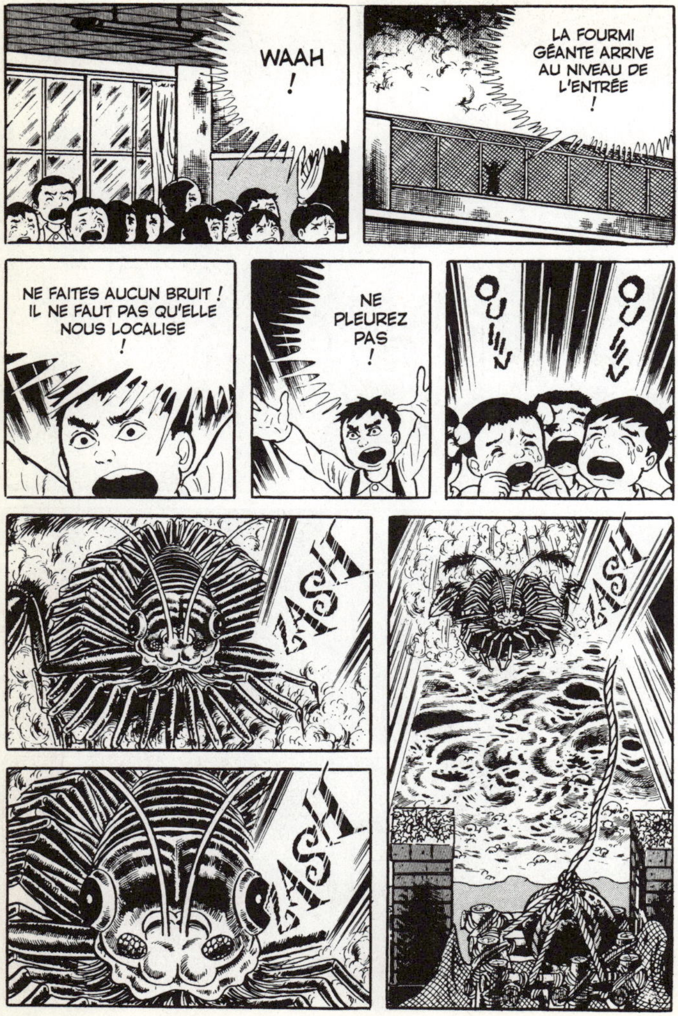
WAAH !
LA FOURMI GÉANTE ARRIVE AU NIVEAU DE L'ENTRÉE !
NE FAITES AUCUN BRUIT ! IL NE FAUT PAS QU'ELLE NOUS LOCALISE !
NE PLEUREZ PAS !
OUIIIN
OUIIIN
ZASH
ZASH
ZASH

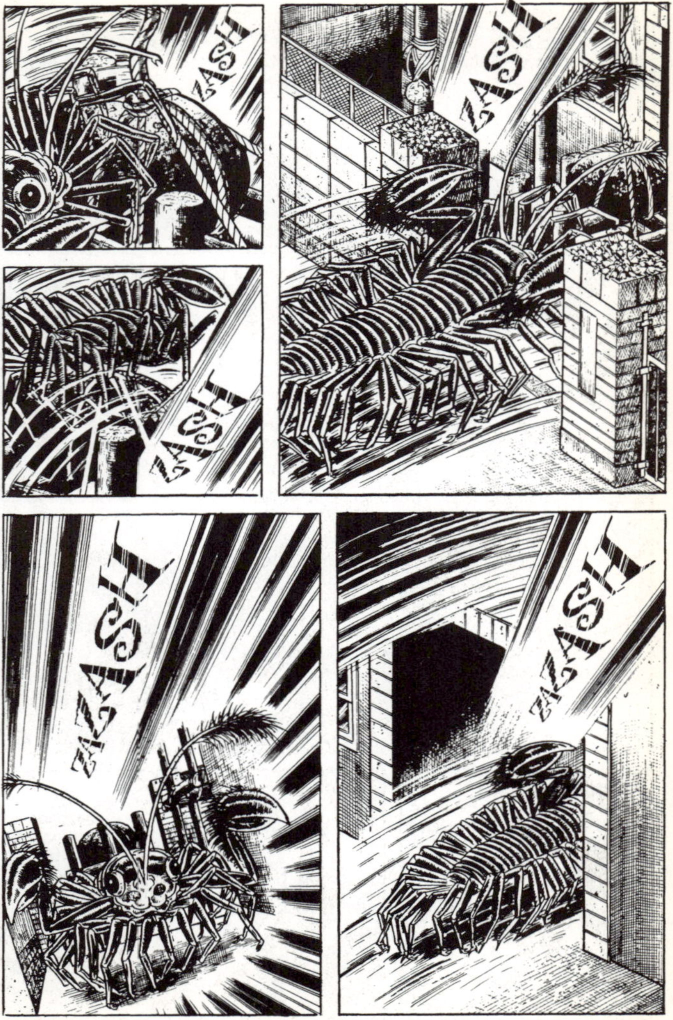
ZASH
ZASH
ZASH
ZAZASH
ZAZASH

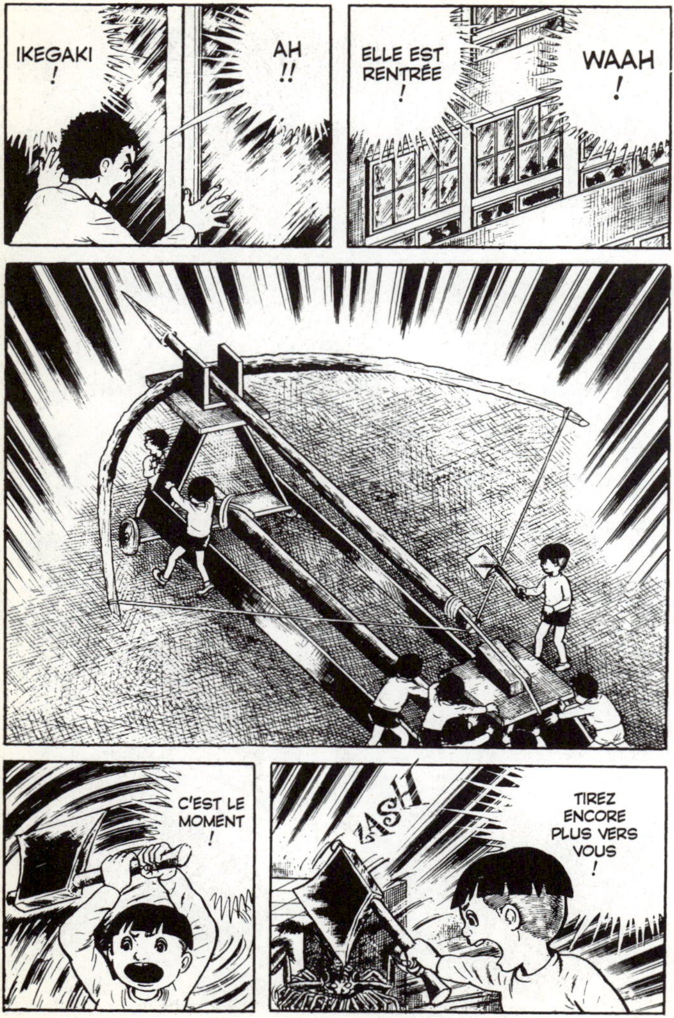
IKEGAKI !
AH !!
ELLE EST RENTRÉE !
WAAH !
C'EST LE MOMENT !
ZASH
TIREZ ENCORE PLUS VERS VOUS !

ZAZASH
WOSH
STAP
TOP
FSCHHHHHH

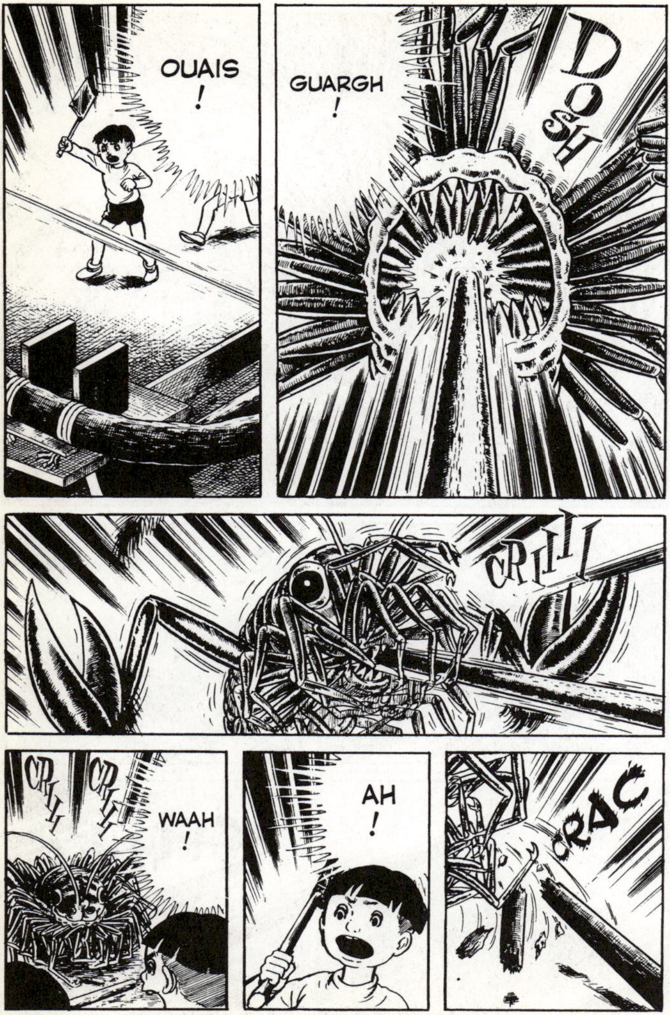
OUAIS !
GUARGH !
DOSH
CRIII
CRII
CRII
WAAH !
AH !
CRAC

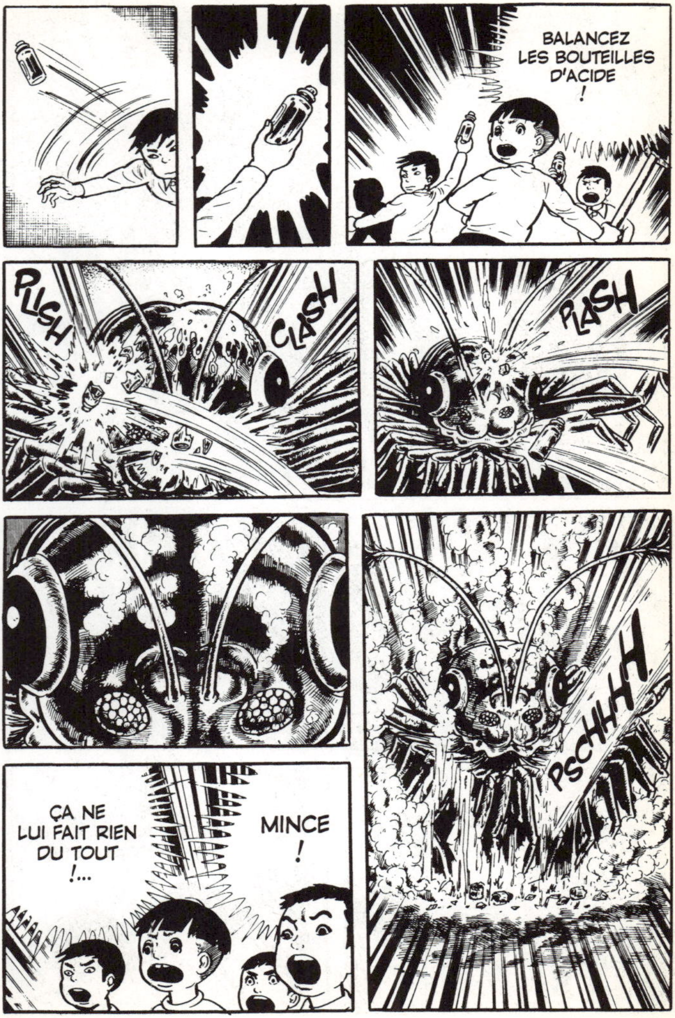
BALANCEZ LES BOUTEILLES D'ACIDE !
PLISH
CLASH
PLASH
PSCHHHH
ÇA NE LUI FAIT RIEN DU TOUT !...
MINCE !

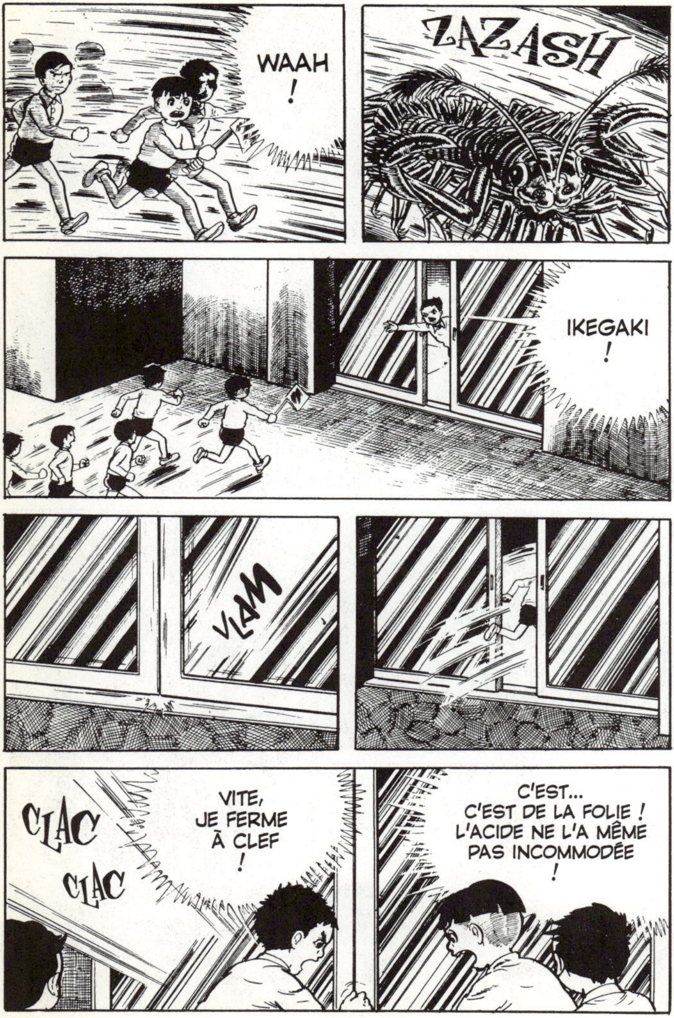
WAAH !
ZAZASH
IKEGAKI !
VLAM
CLAC
CLAC
VITE, JE FERME À CLEF !
C'EST... C'EST DE LA FOLIE ! L'ACIDE NE L'A MÊME PAS INCOMMODÉE !

ELLE EST LÀ !
ZASH
AAAH !
CLASH
BOM
ZASH
ELLE RENTRE !
VITE ! ACTIONNONS LES GRILLES D'URGENCE !
WAAAH !

ZAZASH
BADAM
CLAM
CREEK
DOM
FUYONS JUSQU'AU PREMIER !
WAH !
LES GRILLES D'URGENCE, VITE !
SHÔ !

VOUS ENTENDEZ ÇA ? ELLE ESSAYE DE BRISER LES GRILLES DU REZ-DE-CHAUSSÉE !
BREEK
BATAM
TOUT LE MONDE EST AU DEUXIÈME ÉTAGE ! DANS LES SALLES DE CLASSE !
OÙ EST YUU ? OÙ SONT TOUS LES AUTRES ?
SHÔ, QU'EST-CE QU'ON PEUT FAIRE ?
SI ÇA CONTINUE, ON VA TOUS MOURIR !
OH MON DIEU, SHÔ !
ELLE A BRISÉ LES GRILLES DU REZ-DE-CHAUSSÉE !
BREEK
ELLE EST EN TRAIN DE MONTER LES ESCALIERS !!
ZASH
SEIGNEUR, FAITES QU'ELLE N'ARRIVE PAS À MONTER LES ESCALIERS ! FAITES QU'ELLE SE DIRIGE VERS LA SALLE DES MAÎTRES !

WAH !!
DOM
SHÔ, MONTE AU-DESSUS !
BAISSE LES RIDEAUX DU DEUXIÈME ÉTAGE ET BARRICADE-TOI AVEC LES TABLES !
ET TOI, QU'EST-CE QUE TU VAS FAIRE ?!
DÉPÊCHE-TOI ! JE SUIS LE MINISTRE DE LA DÉFENSE ! TU DOIS M'OBÉIR !
SI JE ME FAIS AVOIR ICI, VOUS DEVREZ PRENDRE LA RELÈVE AU DEUXIÈME ÉTAGE !
OK !
SASA, VIENS !
GRAND FRÈRE !
YUU !
BATAM
BATAM

DON!
KAKLAM
IKEGAKI !
TIENS BON !!
IKEGAKI, TU M'EN-TENDS ?
UUH !
TOI AUSSI, SHÔ ! JE TE CONFIE LES AUTRES !
BATAM
BLAM
LES CM2 ! SERVEZ-VOUS DES TABLES POUR FAIRE DES BARRICADES DEVANT LES GRILLES !
D'AC-CORD !

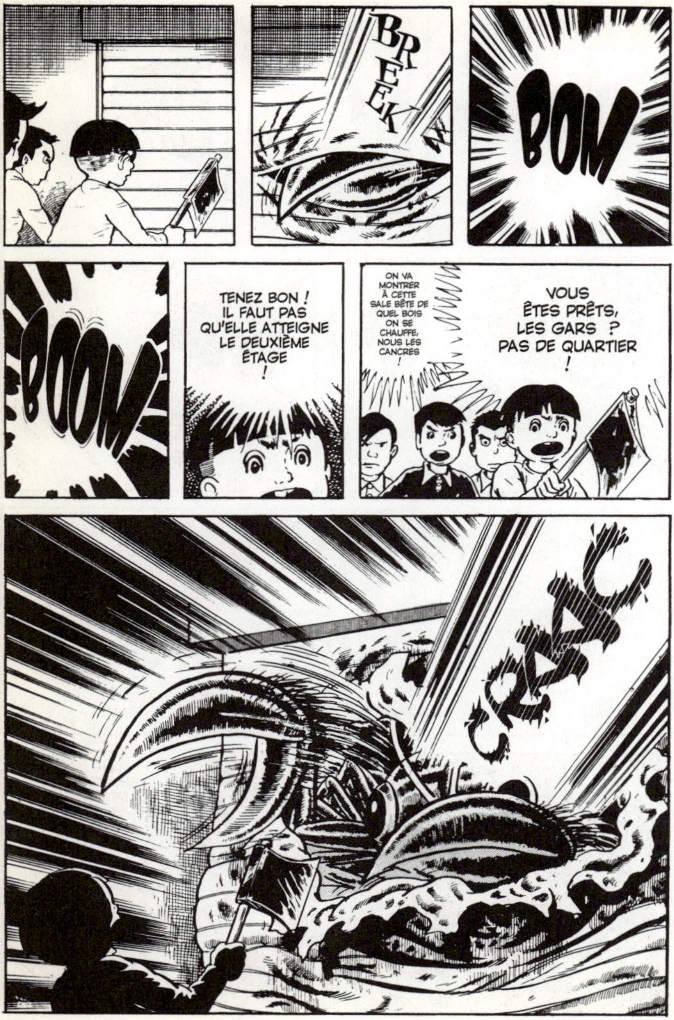
BREEK
BOM
BOOM
TENEZ BON ! IL FAUT PAS QU'ELLE ATTEIGNE LE DEUXIÈME ÉTAGE !
VOUS ÊTES PRÊTS, LES GARS ? PAS DE QUARTIER !
ON VA MONTRER À CETTE SALE BÊTE DE QUEL BOIS ON SE CHAUFFE, NOUS LES CANCRES !
CRAAAC

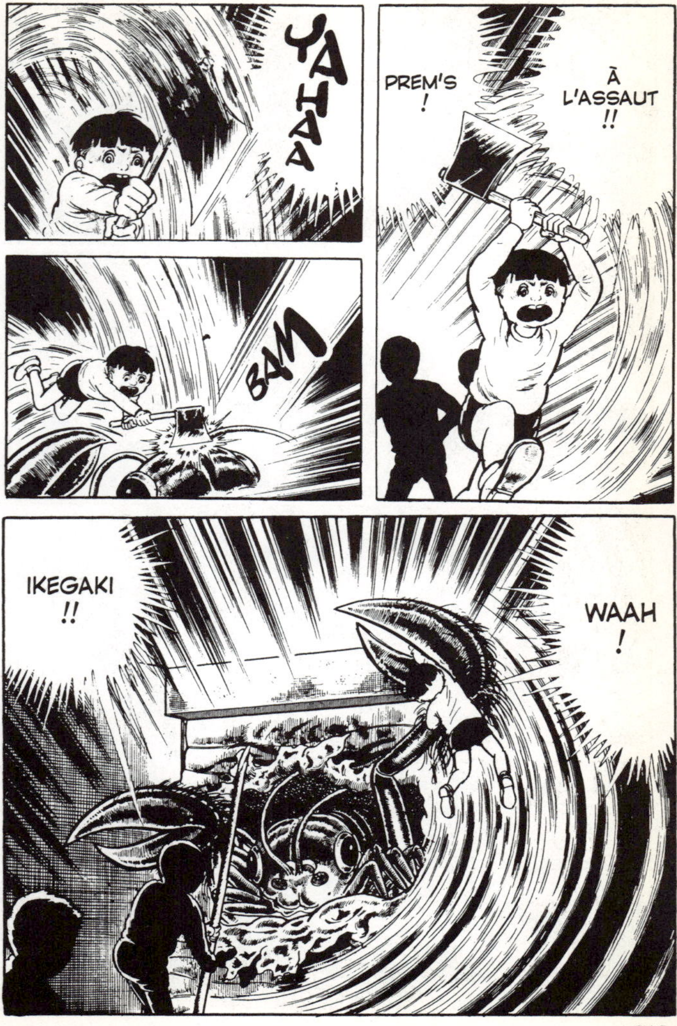
À L'ASSAUT !!
PREM'S !
YAHAAA
BAM
WAAH !
IKEGAKI !!

CRAC
GYAAH !!
BOM
IKEGAKI !
WAAH !
MON... MON BRAS !...

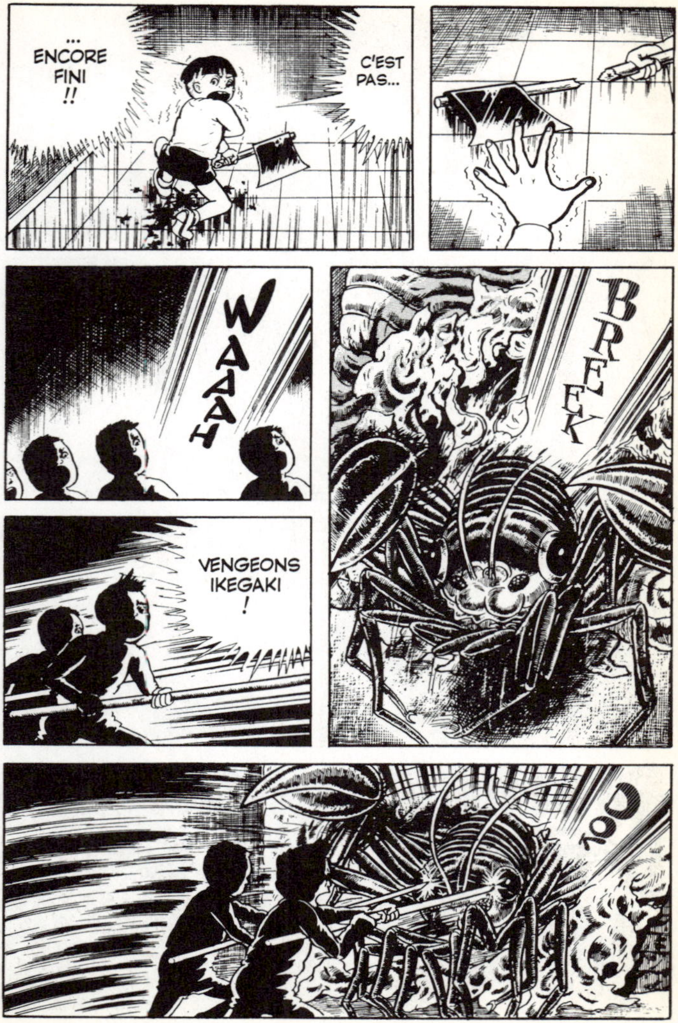
C'EST PAS...
... ENCORE FINI !!
BREEK
WAAAH
VENGEONS IKEGAKI !
DOI

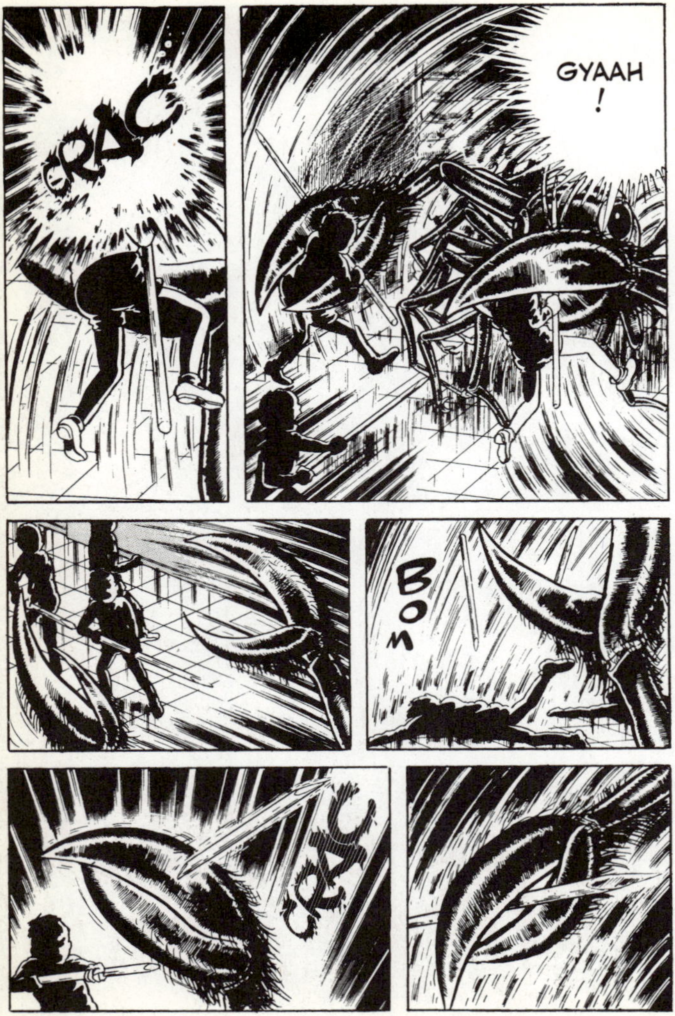
CRAC
GYAAH !
BOM
CRAC

WAAAH !!
CRAC
WAAH !!
LES GARS ! BATTONS-NOUS JUSQU'À LA FIN !!

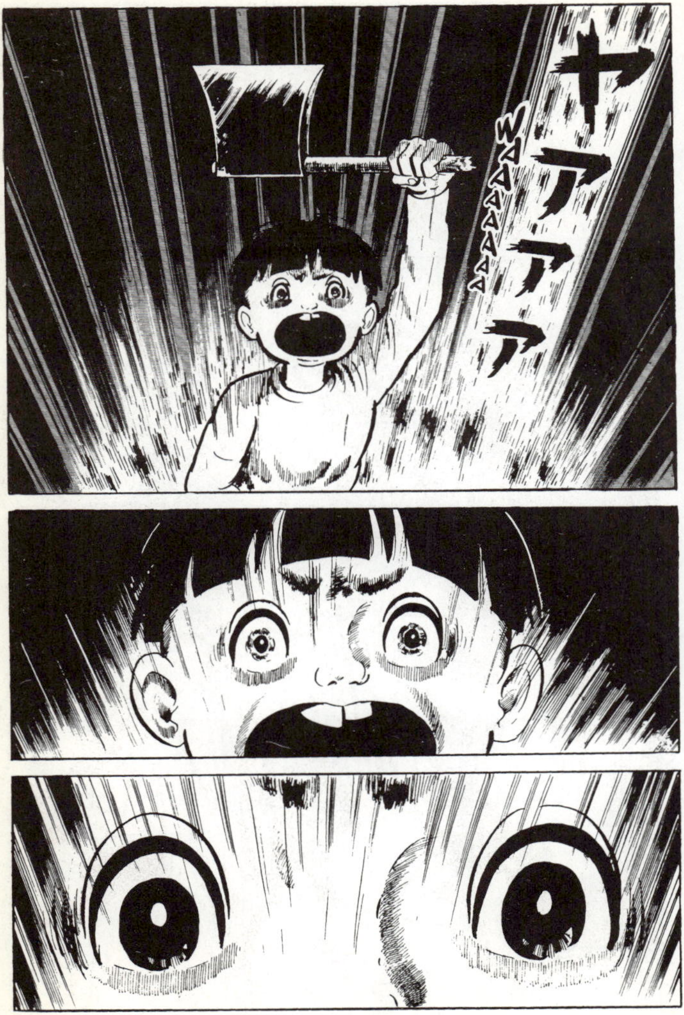
ヤアアア
WAAAAAAAA

CRAC
IKEGAKI !!
GYAAARGH
QUE SE PASSE-T-IL ?!
AAAH !!

TAKA-
MATSU
!
COURAGE, LES GARS ! TENEZ BON !!
AAAHH
CREEK
SI SEULEMENT JE NE M'ÉTAIS PAS ENFUI VERS LE PIÈGE, LA FOURMI GÉANTE SE SERAIT DÉJÀ FAIT EMBROCHER !
C'EST DE MA FAUTE SI LE PIÈGE N'A PAS PU SERVIR... JE SUIS DÉSOLÉ !!
ÇA NE SERT À RIEN DE SE LAMENTER MAINTENANT !
ET PUIS TU L'AS VUE, TOI AUSSI ! ÇA N'AURAIT JAMAIS SUFFI À LA TUER !
JE PENSE QUE NOUS DEVRIONS RÉFLÉCHIR À UN MOYEN DE NOUS SAUVER PENDANT QU'IKEGAKI ET LES AUTRES ESSAIENT DE LA RETENIR !
TA... TAKA-MATSU !

VOILÀ. AVANT DE LA VOIR DE MES PROPRES YEUX, JE NE CROYAIS PAS EN L'EXISTENCE DE LA FOURMI GÉANTE, CAR CELA DÉPASSE TOUTE LOGIQUE !
CE QUE J'AI À DIRE N'EST PAS FACILE, MAIS JE ME LANCE !
POUR CETTE RAISON J'AIMERAIS JUSTEMENT TE PARLER D'ELLE !
CE N'ÉTAIT PAS UNE RAISON NON PLUS POUR DOUTER DE VOUS, MAIS COMME L'A DIT LA MATRONE, IL EST INVRAISEMBLABLE QU'UNE TELLE CRÉATURE PUISSE VIVRE DANS CE DÉSERT.
HEIN ?!
LA PREMIÈRE RAISON EST LA SUIVANTE : VOUS AVEZ DIT AVOIR VU DES ARBRES GIGANTESQUES, MAIS LA VÉGÉTATION MET DU TEMPS À POUSSER. DES ARBRES GÉANTS NE PEUVENT PAS SE METTRE À POUSSER D'UN SEUL COUP !
ET MÊME EN ADMETTANT LA POSSIBILITÉ QUE DE LA VERDURE PUISSE POUSSER DANS UN TEL DÉSERT.
MAIS POURTANT ILS ÉTAIENT LÀ ! TOUT LE MONDE LES A VUS !
COMMENT ?

TAKAMATSU, SAKIKO EST TOUJOURS ÉVANOUIE !
AYUMI, TU ES LÀ !
SAKIKO, RELÈVE-TOI !
SAKIKO !
QUE FAIS-TU AVEC CES ÉCHANTILLONS ?
QU'Y A-T-IL, GAMÔ ?
TAKAMATSU !
D'ACCORD !
EMMÈNE-LA DEVANT ! VITE !
JE PENSE QUE CELA N'AGIRA PAS NON PLUS !
MAIS NOUS AVONS BIEN VU QUE NI L'ACIDE CHLORHYDRIQUE, NI L'ACIDE SULFURIQUE N'ONT EU D'EFFETS SUR ELLE.
JE LES AI TROUVÉS EN SALLE DE SCIENCES. CES ÉCHANTILLONS BAIGNENT DANS DU CHLOROFORME. JE PENSAIS M'EN SERVIR POUR ENDORMIR LA FOURMI GÉANTE.
ALORS QU'EST-CE QU'ON PEUT FAIRE, BON SANG ?!
C'EST VRAI, MAIS SI ÇA NE MARCHE PAS NON PLUS, NOUS SERONS TOUS EXTERMINÉS !
ON NE LE SAURA PAS TANT QU'ON N'AURA PAS ESSAYÉ !

ÔTOMO ! ATTENDS UN PEU !
JE DOIS RECONNAÎTRE QUE QUELQUE CHOSE M'A TROUBLÉ JUSQU'ICI !
HEIN ? QUE VEUX-TU DIRE ?
DE QUOI PARLES-TU ?
DE LA FOIS OÙ JE SUIS PARTI EN EXPÉDITION EN VOITURE.
NOUS SOMMES ALLÉS DANS CET ENDROIT !
ON CHERCHAIT UN LIEU OÙ IL Y AURAIT DES ARBRES OU DE L'HERBE. ON A VRAIMENT REGARDÉ PARTOUT DU MIEUX QU'ON A PU !
MAIS NOUS N'AVONS ABSOLUMENT RIEN TROUVÉ. IL N'Y AVAIT AUCUNE VÉGÉTATION !
HEIN ?
C'EST IMPOSSIBLE ! VOUS AVEZ DÛ VISITER UN AUTRE COIN !
NON ! ON A RETROUVÉ LES TRACES DE ROUES !

IL Y A UN AUTRE MYSTÈRE.
NOUS POURSUIVRONS CETTE DISCUSSION PLUS TARD ! NOUS N'AVONS PLUS LE TEMPS !
HEIN ?
QU'EST-CE QUE ÇA VEUT DIRE ?
QU'EST-CE QUI S'EST RÉELLEMENT PASSÉ ? DITES-NOUS TOUT SANS PERDRE UNE SECONDE !
IL NOUS FAUT ÉLUCIDER CETTE QUESTION MAINTENANT !
COMMENT EXPLIQUER QUE TAKAMATSU ET ÔTOMO, QUI ONT TOUS LES DEUX ÉTÉ ATTAQUÉS PAR LA FOURMI GÉANTE, AIENT PU S'EN SORTIR VIVANTS ?
ET MOI-MÊME... J'AI ÉTÉ ASSOMMÉ PAR AKABANÉ !
MAINTENANT QUE J'Y PENSE, IL A AUSSI FRAPPÉ IKEGAKI QUI A PERDU CONNAISSANCE, COMME SHÔ !
J'AI ÉTÉ FRAPPÉ PAR SEKIYA ET JE ME SUIS ÉVANOUI.
PARDONNEZ-MOI !!
J'AI FRAPPÉ ÔTOMO, JE L'AVOUE !
JE SUIS LÀ !
AKABANÉ ?

QU'EST-CE QU'IL FABRIQUE ICI, LUI ?
NÉNÉ !
NÉNÉ !
AKABANÉ... JE NE T'EN VEUX PLUS.
MAIS QUEL GLANDEUR, CELUI-LÀ ! JE RÊVE !
IL EST EN TRAIN DE BÂILLER !
FUAAAH ...
IL EST POSSIBLE QUE SEKIYA, EN RÉGRESSANT À L'ÉTAT PSYCHIQUE D'UN NOUVEAU-NÉ, SE RETROUVE DANS LES MÊMES DISPOSITIONS QUE LORSQU'ON EST ÉVANOUI !
IL S'EST ENDORMI !
ZZZZ...
IL S'EST JETÉ SUR ELLE !
À PROPOS, QUE FAISAIT TASHIRO, CELUI QUI S'EST FAIT MANGER PAR LA FOURMI ?

QUOI ?!
ET PENDANT CE TEMPS JE ME SUIS ENFUI !
ET LA FOURMI GÉANTE L'A MANGÉ !
TOUT DEVIENT CLAIR À PRÉSENT !
LES PERSONNES QUI SONT INCONSCIENTES SURVIVENT, ET CELLES QUI SONT RÉVEILLÉES SE FONT MANGER !
J'AI COMPRIS !
BOM
ZAZASH
ELLE ARRIVE !!
KLANG

BOOM
BREEK
KLAN
WAAH !
TAKAMATSU !
OH NON ! ELLE VA ENTRER ICI !
CE N'EST QU'UNE QUESTION DE TEMPS !
NOUS L'AVONS APPRIS EN COURS DE BIOLOGIE NON ? CERTAINS INSECTES SONT ATTIRÉS PAR LA LUMIÈRE, OU PAR DES ODEURS !
C'EST SANS DOUTE APPLICABLE POUR ELLE AUSSI !
SI NOUS VOULONS LUI ÉCHAPPER, NOUS DEVONS PERDRE CONNAISSANCE LE PLUS VITE POSSIBLE !

BOM
BOM
BREEK
DOM
TU VEUX DIRE QU'ON DOIT TOMBER DANS LES POMMES ?
EXACTEMENT !
REPRENDS TES ESPRITS, VITE !
SAKIKO ! RÉVEILLE-TOI !
WAAH !
HEIN ?...
AH ! NE FAIS RIEN ! LAISSE-LA PAR TERRE COMME ÇA !
UUH...

TAKAMATSU, UTILISONS LE CHLOROFORME CONTENU DANS CES RÉCIPIENTS POUR ENDORMIR LES AUTRES !
DU CHLOROFORME ?
MAIS ON N'EN AURA JAMAIS ASSEZ POUR TOUT LE MONDE !
JE SAIS ! ON DEVRA DONC COMMENCER PAR ENDORMIR LES PLUS PETITS EN PRIORITÉ ! ON VA IMBIBER LEURS VÊTEMENTS ET LES LEUR FAIRE RENIFLER !
ET QU'EST-CE QU'ON FERA POUR LES AUTRES ?
BOM
ガタッ
BAM
ON N'A PLUS LE TEMPS DE DISCUTER !
ÉCOUTEZ ! LES PETITES CLASSES SONT EN TRAIN DE PLEURER ! ON N'A PLUS LE CHOIX, IL FAUT FAIRE CE QU'ON A DIT !
OUIIN
OUIIN
OUIIN
OUIIN
AMENONS-LEUR LE CHLOROFORME !
D'ACCORD !

OUIIIN !
OUIIIN !
VLAM
OK !
VOUS, OCCUPEZ-VOUS DES AUTRES CLASSES !
GYAH !
DÉPÊCHEZ-VOUS !
COMME ÇA VOUS VOUS ENDORMIREZ TOUT DE SUITE ET VOUS SEREZ SAUVÉS !
LES MATERNELLES, VENEZ ICI ! VOUS DEVEZ RENIFLER CE MÉDICAMENT !
NAAAN !!
OUIIIN !!
NAN !
J'VEUX PAS !!
ALLEZ !

UUUH
!
SPOT
AH
!

ÇA NE FAIT PAS MAL DU TOUT !
ATTEN-DEZ !
OUIIIN ! OUIIIN !!
JE VEUX PAS !!
WAAAAH
OUIII
LES CM2, ATTRAPEZ LES CE1 ET TENEZ-LES BIEN !
VOUS ALLEZ SEULEMENT DORMIR ! SI VOUS NE DORMEZ PAS, LA FOURMI GÉANTE VA VOUS MANGER TOUT CRUS !
JE VEUX PAAAS !
VITE, IL NE NOUS RESTE PLUS BEAUCOUP DE TEMPS !
AAAH !
NON ! AU SECOURS !
GHOUUU !

UGGH !
UUGHH !
WAAAAH
WAAAAH
げんきな子
ÇA VA ALLER ! DITES-LEUR JUSTE QUE ÇA VA LES FAIRE DORMIR UN PEU !
AIDEZ-MOI VOUS AUSSI ! UTILISEZ DES SERPILLIÈRES !
OUI !
NAN !
OUIIN ! OUIIN !
UUH !...
UUH !!
MAMAN, AVEC L'AIDE DES AUTRES CM2, NOUS RÉUSSÎMES À ENDORMIR TOUS LES ÉLÈVES JUSQU'AUX CE1 !

ÇA A MARCHÉ POUR VOUS ?
OUI !
MAIS QU'EST-CE QU'ON VA FAIRE POUR CEUX QUI RESTENT ?
IL N'Y A PLUS DE CHLORO-FORME !
NOUS DEVONS TOUS ARRÊTER DE RÉFLÉCHIR !
IL NE FAUT PLUS PENSER À RIEN !
C'EST LA SEULE SOLUTION !
HEIN ?
JE PENSE AUSSI QUE C'EST LA BONNE SOL... SOL... UNE BONNE IDÉE.

OUI, COMMENT PEUT-ON FAIRE ?
MAIS C'EST PLUS FACILE À DIRE QU'À RÉALISER !
ÇA PEUT ÊTRE UNE PIERRE, UNE TABLE, UNE CHAISE, PEU IMPORTE. CONCENTRONS-NOUS LE PLUS FORT POSSIBLE POUR IMAGINER QUE NOUS SOMMES UN OBJET !
TRANSFORMONS-NOUS EN OBJETS !
OK !
DITES-LE AUX AUTRES !
ESSAYONS ! CACHONS-NOUS TOUS SOUS LES TABLES EN IMAGINANT QUE NOUS SOMMES DES CHAISES !
JE RESTERAI ICI POUR VOUS DONNER LE SIGNAL EN CRIANT !
MAIS ON NE POURRA SANS DOUTE PAS SE CONCENTRER PENDANT TRÈS LONGTEMPS ! IL FAUDRA COMMENCER JUSTE AVANT QUE LA FOURMI GÉANTE ARRIVE !

KLAM
ÉCOUTEZ-MOI !
VOUS NE DEVREZ PLUS PENSER À RIEN ! NI À LA FOURMI, NI À RIEN D'AUTRE ! VOUS NE PENSEREZ QU'À UNE CHAISE !
BREEK
CREEK
LA VOILÀ !

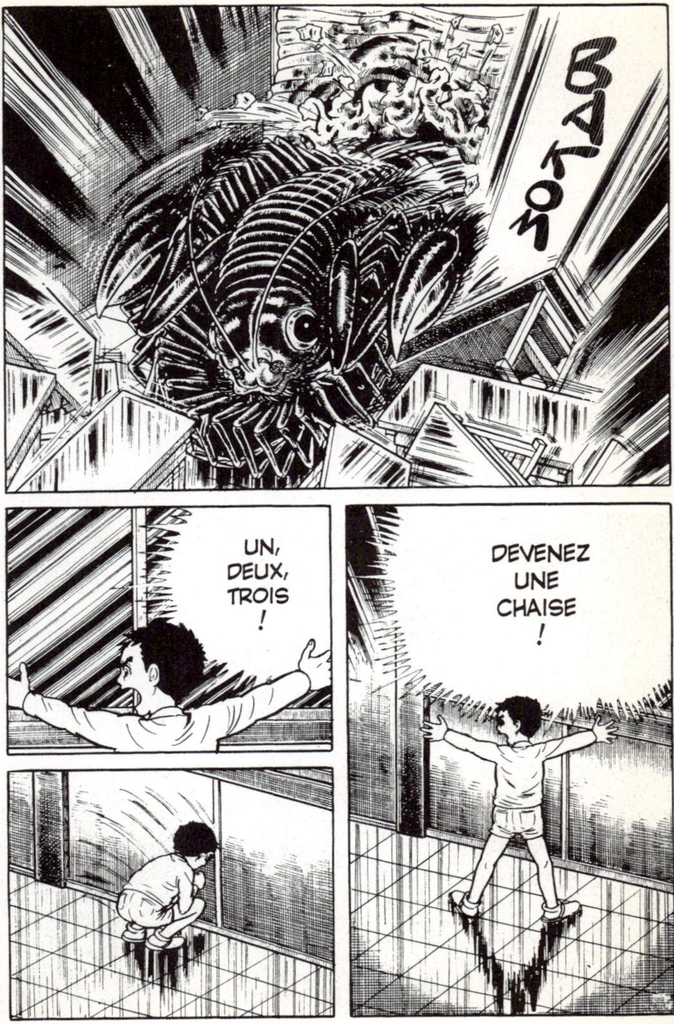
BATOOM
UN, DEUX, TROIS !
DEVENEZ UNE CHAISE !

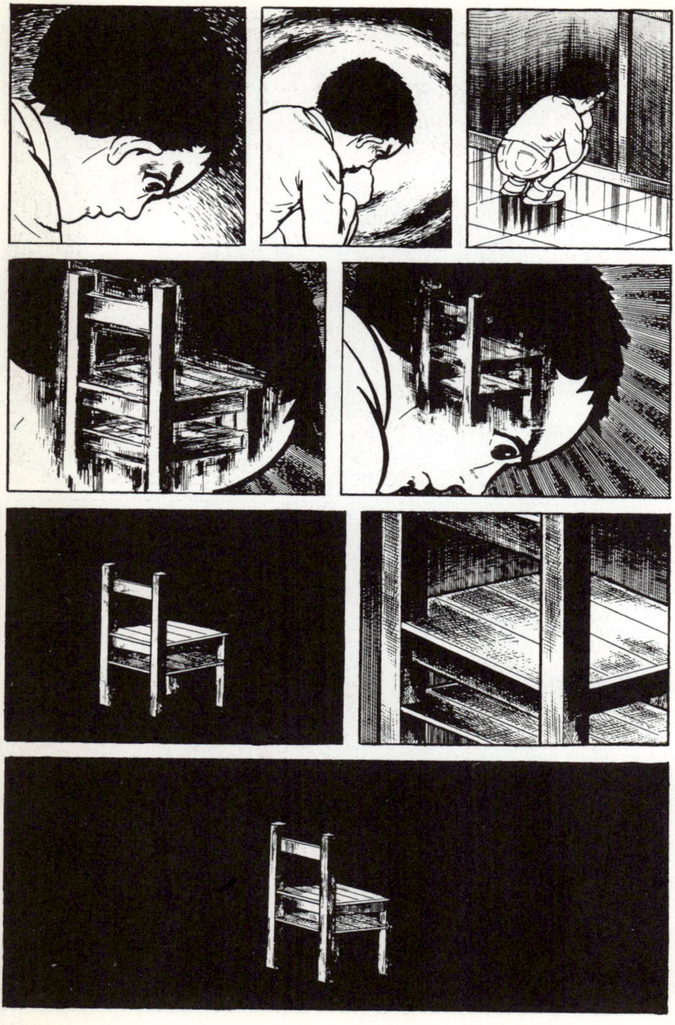

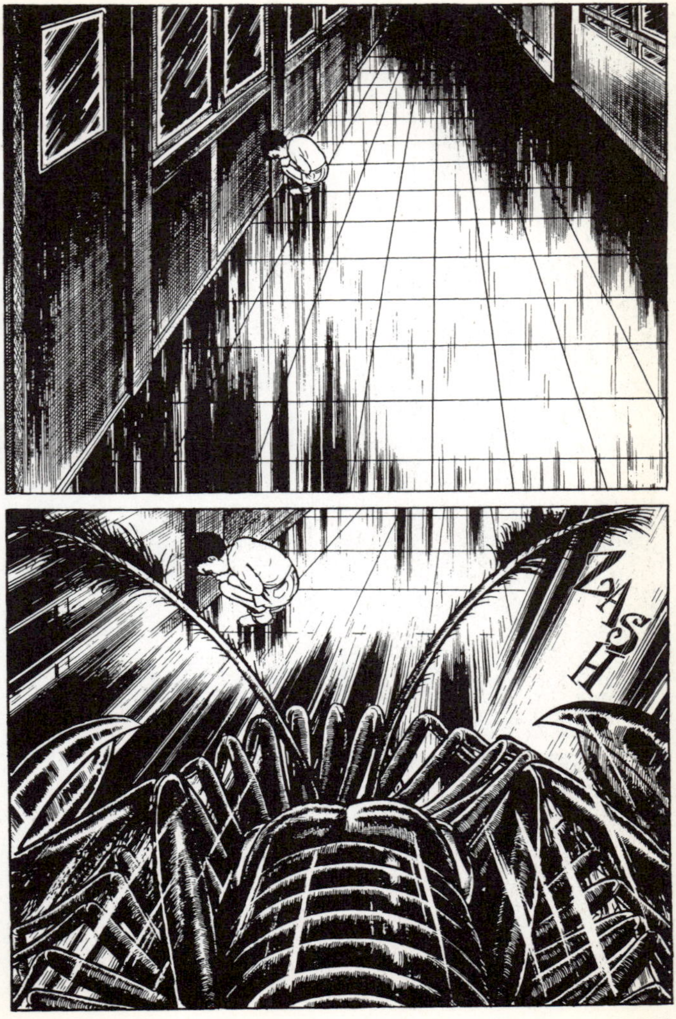
ZASH

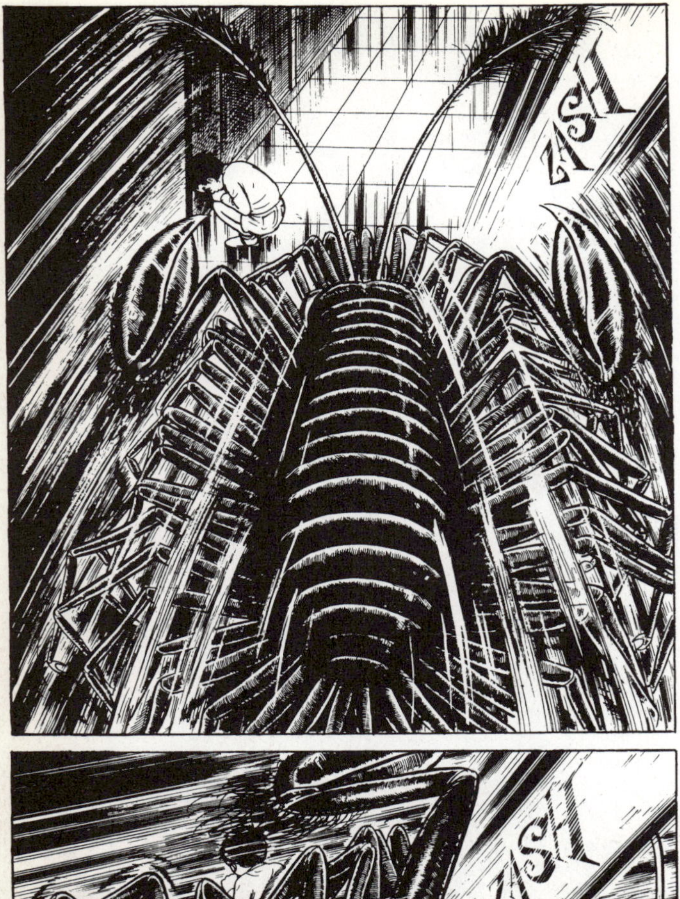
ZASH

ZASH

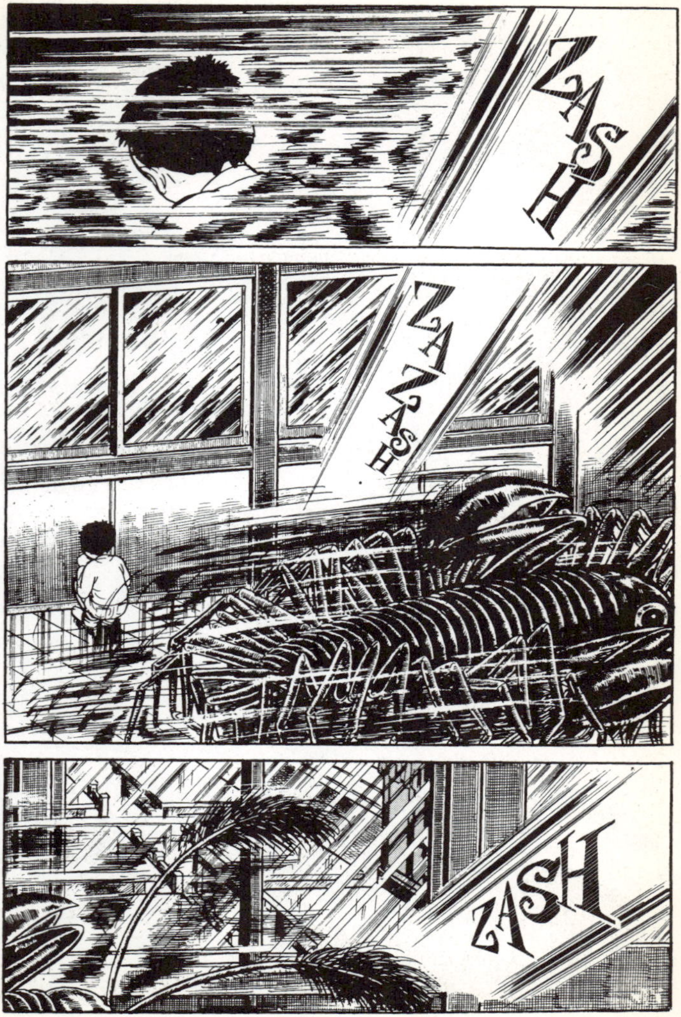
ZASH
ZAZAZASH
ZASH

WAAH !!
NOOON !!
WAAH !!
BLAM
WAAAAH !!

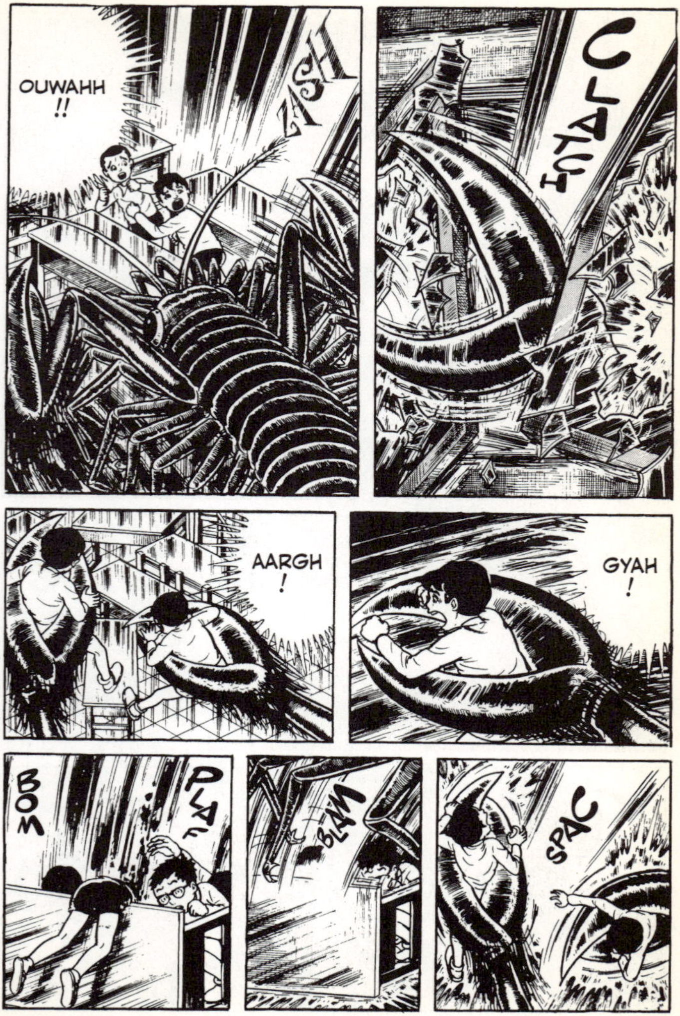

OUWAHH !!
ZASH
CLATCH
AARGH !
GYAH !
BOM
PLAF
BLAM
SPAC

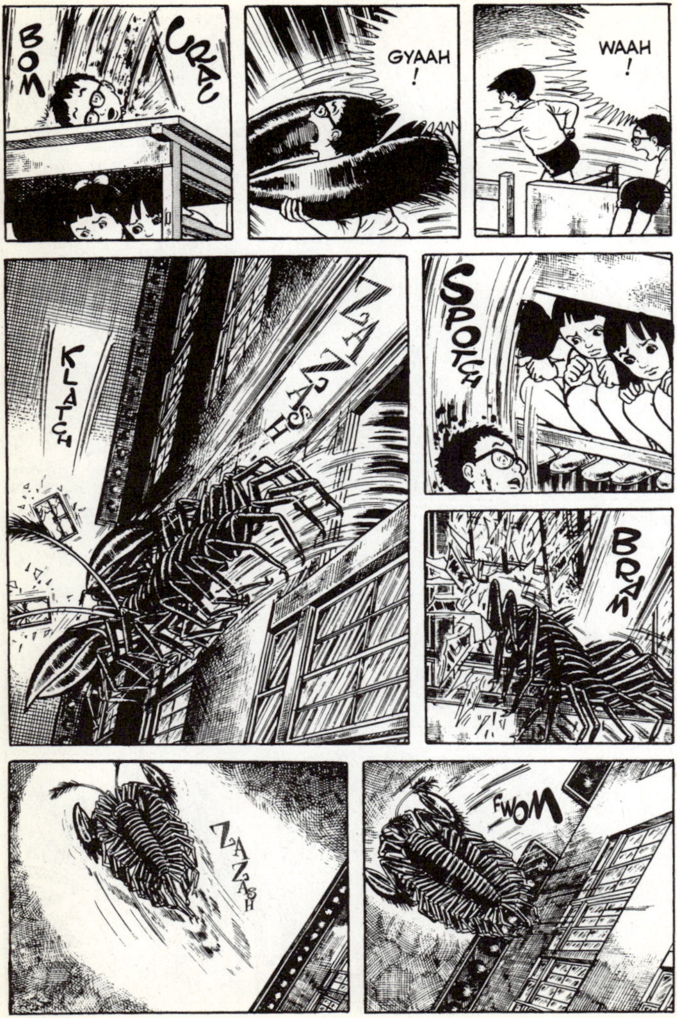
BOM
CRAU
GYAAH!
WAAH!
KLATCH
ZAZASH
SPOTCH
BRAM
ZAZASH
FWOM

BOM
NOUS SOMMES VIVANTS !
VIVANT !
MAMAN... JE NE SAURAIS DIRE COMBIEN DE TEMPS JE SUIS RESTÉ UNE CHAISE... CE TEMPS M'A SEMBLÉ UNE ÉTERNITÉ !
YOUPIII !
L'INSECTE GÉANT EST PARTI !
VOUS ENTENDEZ ? NOUS SOMMES SAUVÉS !
TOUT LE MONDE VA BIEN ?
TAKA-MATSU !

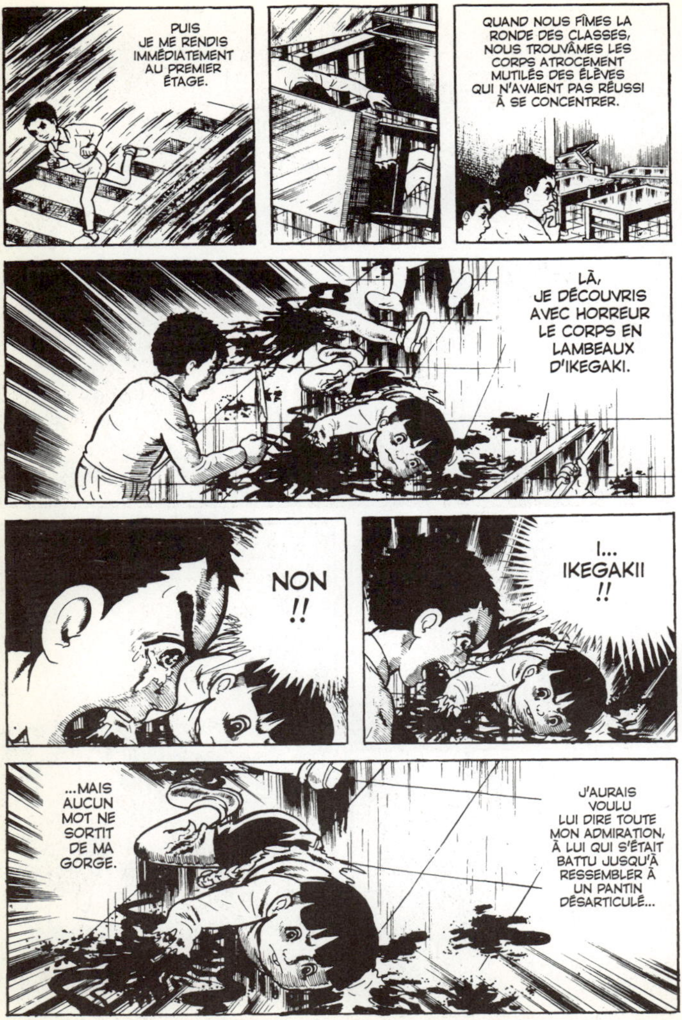
PUIS JE ME RENDIS IMMÉDIATEMENT AU PREMIER ÉTAGE.
QUAND NOUS FÎMES LA RONDE DES CLASSES, NOUS TROUVÂMES LES CORPS ATROCEMENT MUTILÉS DES ÉLÈVES QUI N'AVAIENT PAS RÉUSSI À SE CONCENTRER.
LÀ, JE DÉCOUVRIS AVEC HORREUR LE CORPS EN LAMBEAUX D'IKEGAKI.
NON !!
I... IKEGAKI !!
J'AURAIS VOULU LUI DIRE TOUTE MON ADMIRATION, À LUI QUI S'ÉTAIT BATTU JUSQU'À RESSEMBLER À UN PANTIN DÉSARTICULÉ...
...MAIS AUCUN MOT NE SORTIT DE MA GORGE.

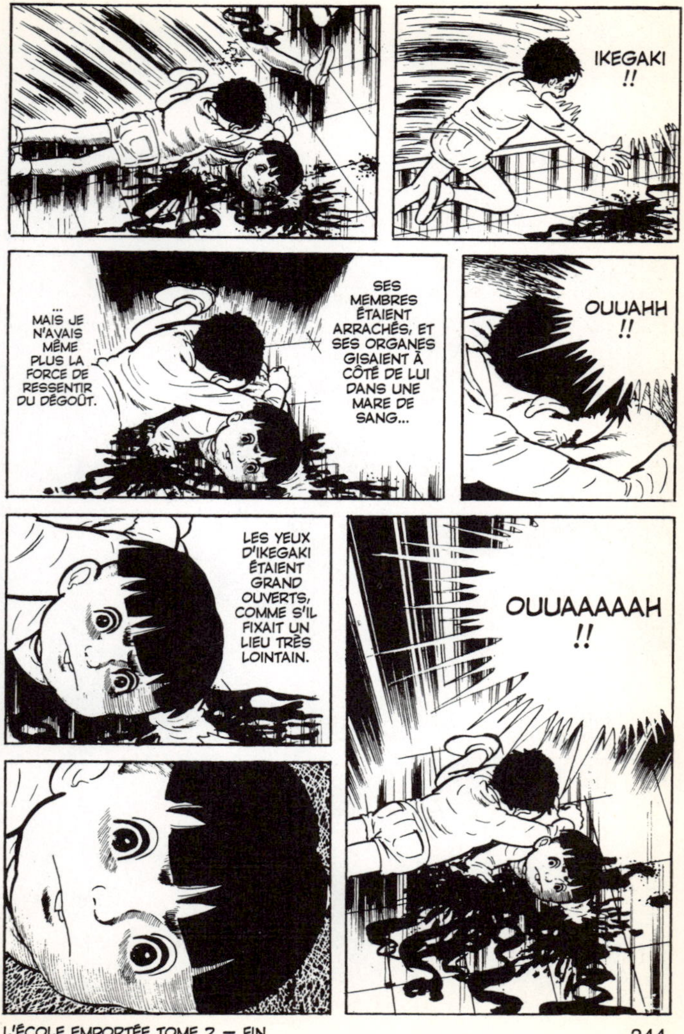
IKEGAKI !!
SES MEMBRES ÉTAIENT ARRACHÉS, ET SES ORGANES GISAIENT À CÔTÉ DE LUI DANS UNE MARE DE SANG...
... MAIS JE N'AVAIS MÊME PLUS LA FORCE DE RESSENTIR DU DÉGOÛT.
OUUAHH !!
OUUAAAAAH !!
LES YEUX D'IKEGAKI ÉTAIENT GRAND OUVERTS, COMME S'IL FIXAIT UN LIEU TRÈS LOINTAIN.

CE VOLUME A ÉTÉ PRÉPUBLIÉ
DANS LES PAGES DU MAGAZINE
WEEKLY SHÔNEN SUNDAY
ENTRE LE NUMÉRO 39 DE 1972
ET LE NUMÉRO 2 DE 1973.

L'ÉCOLE EMPORTÉE

Titre original : "Hyoryu Kyoshitsu"

- Édition française -

Traduction :
Anthony Prezman
Adaptation graphique et lettrage :
Sébastien Douaud

BP 177 - 38008 GRENOBLE CEDEX
ISBN : 2.7234.4960.2
ISSN : 1253.1928
Dépôt légal : février 2005

Imprimé en France par HERISSEY-CPI
27000 Evreux - France - N° 98365

73.5171.1
9 782723 449601
2.7234.4960.2